Zaccharie

Je m'appelle Joseph Tellec, natif de Concarneau en la ville close, et à septante et cinq ans le temps est venu que je confie au papier cette histoire avant que le diable vienne me tirer par les pieds, et qu'ainsi elle soit à jamais perdue pour tout le monde. Les bourgeois appellent ça, je crois, faire son testament, ce qui veut dire léguer ses biens à tel et tel. Je suis trop pauvre pour avoir des biens à léguer, ne possédant en ce bas monde que ma petite maison de la ville close qui ira à Marie-Lucie, la fille de ma sœur Marie-Jeanne, une brave petite qui s'est, je l'en remercie, bien occupée de son vieil oncle.

Les autres, ceux qui la liront, en tireront peut-être profit, si tant est que l'expérience d'un vieux crabe comme moi puisse profiter aux jeunes gambis, qui croient tout savoir en sortant du berceau, et qui n'ont que mépris pour les conseils de leurs anciens.

S'ils n'en font pas leur profit, peut-être prendront-ils plaisir à la lecture de mes aventures et mésaventures, et s'ils n'en tirent pas plaisir non plus, tant pis, j'aurai fait ce que j'ai pu.

À cette heure, j'ai passé les trois quarts de siècle, et je suis trop vieux pour craindre de paraître devant mon Créateur. Cependant, je me souviens toujours avec émotion et nostalgie du temps de ma jeunesse, et des merveilleux moments qu'enfants nous passions à écouter un vieux matelot unijambiste que nous connaissions sous le nom de Zaccharie.

J'avais alors douze ans, je venais de faire ma communion solennelle, et je vivais sans le savoir la période la plus heureuse de mon existence. Par la suite j'ai mangé mon pain noir, j'ai connu la douleur, la misère, la faim, le froid, et, sur les terribles pontons anglais, la plus affreuse détresse.

Mais, même quand j'ai touché le fond du désespoir, même quand les coups de chat à neuf queues et les privations me laissaient à penser qu'il vaudrait mieux être mort que vivant de la sorte, une petite lueur brillait en moi qui me faisait m'accrocher à la vie.

Je revoyais en fermant les yeux la ville close, la place d'armes... Nous étions une vingtaine de mousses assis autour de Zaccharie, et Zaccharie racontait...

L'ombre du Vétéran :

À Concarneau, en 1806, la rumeur de la guerre contre les Anglais se fait plus insistante. Les Sauzons, comme on appelle l'ennemi anglais, rôdent aux abords de la baie, arraisonnant les sardiniers.

Josic Tellec est mousse sur le petit bateau de son père. Lorsque le Vétéran, superbe vaisseau amiral, déjoue les pièges des Anglais et vient se réfugier dans le port de Concarneau, il est fou de joie. Mais le beau navire est coincé, l'ennemi ne quittera pas la côte, affamant les pêcheurs qui ne peuvent plus sortir...

Trois longues années passeront ainsi, et dans la ville close riche de sept cents habitants, huit cents marins désœuvrés trompent leur ennui comme ils le peuvent. L'atmosphère a bien changé dans le bourg, surtout que des espions trament des complots à l'ombre des ruelles...

Remerciements à

Hervé Gloux
Conservateur du musée de la Pêche à Concarneau

et à Claude Le Rest
pour leurs excellents conseils

Bibliographie

MM. Le Maître et Guéguen
Matelots de Concarneau

A. de Wismes
La Vie quotidienne dans les ports bretons

Pierre Sizaire
Le Parler matelot
Éd. Maritimes et d'Outre-Mer

Jean Allouis
Le Vétéran à Concarneau
Les Cahiers du Sabretache

Il y avait – il y est toujours d'ailleurs – en haut de la butte, près de la batterie du Fer à Cheval, un banc de pierre sur lequel il aimait s'asseoir. De là on découvre toute la baie, on peut suivre tous les mouvements du port. Ainsi, dès qu'il voyait sur l'horizon les voiles brunes des chaloupes faire route terre, avait-il le temps de descendre du tertre en claudiquant de cette inimitable allure qui le faisait reconnaître de loin, de traverser la ville close et d'atteindre le quai Pénéroff pour assister au débarquement de la pêche.

Dès qu'il s'asseyait sur son banc, les gamins que nous étions l'entouraient, couchés sur l'herbe rase du fossé, guettant l'instant magique. Le vieux futé savait bien ce que l'on attendait : il prenait son temps, crachait gravement devant lui, remisait soigneusement sa chique dans son béret et jetait un coup d'œil sur son auditoire pour bien s'assurer de l'attention de chacun.

On n'entendait plus que les cris des mouettes, le souffle du vent dans le haubanage du grand mât au drapeau et le bruit du ressac, régulier comme un métronome, se brisant au pied de la tour.

Alors, les yeux dans le vague, Zaccharie commençait :

– C'était en 1768 ou en 1769, je ne me souviens plus très bien...

Une jeune voix venait à son secours :

– En 68, Zaccharie !

Zaccharie comptait gravement sur ses doigts :

– C'est par Dieu vrai mon fieu, en 68 que c'était, rapport à ce que j'avais vingt-deux ans, et comme je suis né en 46... (Puis, l'œil soupçonneux :) Mais je vous ai déjà raconté !

Vingt voix impatientes se faisaient entendre :

– Non, non Zaccharie, nous on ne connaît pas, raconte !

– En ce temps-là, j'étais gabier de misaine sur la Reine-des-Fleurs, un joli brick du port de Nantes qui faisait le commerce triangulaire entre l'Afrique, les Amériques et Nantes.

Un petit demandait invariablement :

– C'est quoi le commerce triangulaire ?

Alors Zaccharie traçait trois points dans la poussière du chemin du bout de sa canne et expliquait :

– On partait de Nantes avec des cotonnades, des verroteries, parfois des armes, enfin, toutes sortes de marchandises dont les nègres sont friands. De là (il déplaçait sa canne sur le deuxième point) on filait sur l'Afrique où on échangeait ces verroteries contre des esclaves nègres. Quand le bateau était plein de nègres, cap sur les Amériques (déplacement de la canne sur le troisième point) où on vendait les nègres aux planteurs. Ensuite on rechargeait le bateau de rhum, de coton, d'épices et on revenait à Nantes où on revendait les épices et le rhum pour acheter des pacotilles. Et le triangle était fait...

À cette évocation ses yeux trop bleus devenaient presque transparents. Il ne nous voyait plus, il n'était plus au milieu des mousses sur les remparts de la ville close, mais sur la Reine-des-Fleurs... Au sifflet du bosco, agile comme un singe, il grimpait dans la mâture pour carguer les perroquets ou établir les bonnettes. La mer était belle, la brise fraîchissait, et à nouveau, il avait vingt ans...

... Paimbœuf s'estompait dans la brume et ce feu qui fuyait là-bas au loin, c'était Noirmoutier. La Reine-des-Fleurs volait sur les vagues car le capitaine Colin avait fait établir toute la voilure, même les voiles d'étai. Un rude marin que ce capitaine Colin. Il avait toute la confiance de Zaccharie, et partant, la nôtre.

On n'avait pas traîné en route, déjà à l'horizon se profilait l'Afrique mystérieuse... Dakar, l'îlot de Gorée dans la rade, où le bois d'ébène attendait d'être chargé pour les Amériques...

À nouveau un petit s'étonnait :

– Les nègres attendaient pour être embarqués, Zaccharie ?

– Oui mon fieu, ils étaient gardés dans une sorte de grotte d'où ils ne sortaient que pour monter à bord du vaisseau.

– Et ta jambe, Zaccharie ? demandait un impatient, pressé d'arriver au point crucial du récit.

– Ah, ma jambe, disait-il en jetant un coup d'œil mélancolique sur son pilon, et on ne savait trop – mais le savait-il lui-même ? – quel sentiment l'emportait sur l'autre : était-il marri d'avoir laissé une bonne jambe sur la terre d'Afrique ? Était-il ravi de la notoriété que cette infirmité lui conférait ? Allez savoir ! Il poursuivait donc son récit.

– Cette fois-là, le capitaine Colin, en accord avec l'armateur, avait décidé qu'on n'irait pas chercher l'ébène à Gorée, rapport au prix que les rois nègres demandaient de leurs sujets. Plus au sud, il y avait, paraît-il, moyen de traiter à meilleur compte. Seulement, ça faisait un mois de navigation en plus. Bah, un mois de plus, un mois de moins... Bref, un matin, on arrive en vue de l'Ogoun, une sorte de fleuve qui se jette dans une lagune, point de repère qui avait été donné au départ de Nantes au capitaine Colin.

« La Reine-des-Fleurs mouille au large en eau profonde, et nous faisons terre en canot, armés jusqu'aux dents car avec ces sauvages-là on ne sait jamais. D'abord, on n'a vu personne, il y avait seulement le tam-tam qui résonnait de partout et de nulle part. Je peux vous dire, mes fieux, qu'on n'était pas fiers. On accoste sur la plage, une belle plage de sable jaune, et à peine avons-nous mis le pied à terre que voilà une armée de nègres qui apparaît. Alors là, les gars, on serrait tous très fort nos mousquets. Et ces grands sifflets-là qui poussaient des cris bizarres en brandissant leurs sagaies, leurs museaux noirs peints en blanc, avec des plumes sur la tête, ça aurait tourné les sangs aux plus courageux. Le capitaine Colin qui avait déjà fait plusieurs courses à l'ébène ne se laisse pas intimider : il demande à voir le chef. Alors, on nous conduit à sa case, toujours entourés par cette bande de braillards... Un gros nègre assis sur un tronc de bois sculpté, un genre de trône, nous regarde comme des bêtes curieuses. Forcément, des Blancs ils n'en voyaient pas tous les jours, pas plus souvent qu'on voit de nègres à Concarneau... Peut-être même qu'ils ne savaient pas que ça existait. Enfin, après qu'il nous eut bien regardés sous toutes les coutures, la palabre commence...

– C'est quoi la palabre ? demandait inévitablement l'un de nous.

Alors, Zaccharie s'embarquait dans de laborieuses explications :

– La palabre, c'est qu'il faut rester causer des heures...

– Mais pourquoi, Zaccharie ?

– Est-ce que je sais moi ? C'est la coutume sans doute. (Et après avoir réfléchi :) Tiens Josic, tu es déjà allé au marché avec ta mère n'est-ce pas ? Eh bien, quand elle va acheter son beurre avec la Marie de Névez, elle ne l'achète pas comme ça, d'un coup ! D'abord elle demande le prix : combien la livre ? Et la Marie lui dit : six sous ! Alors ta mère lui répond : six sous ? Vous n'avez pas honte ? Quatre sous, et c'est bien payé ! Alors la Marie s'indigne : Quatre sous ? Vous n'êtes pas sage !

J'aime mieux le rapporter à Névez ! C'est pas vrai ! Elle aime pas mieux le rapporter à Névez, et ta mère le sait. Mais elles font semblant, quoi. Toutes deux savent que la livre vaut cinq sous et qu'elles finiront bien par tomber d'accord sur ce prix. Eh bien, avec les nègres, c'est pareil. Seulement, ça dure des heures et des heures, parfois des jours et des jours.

– Grand roi, disait le capitaine Colin, pour la femme là je te donne un collier de perles, plus une pièce d'indienne...

« Le truchement * du roi, un grand métis avec une sale tête, se penchait vers son maître pour traduire. Alors le roi se levait de son trône, devant sa case, et battait la poussière du sol avec son bâton de commandement comme s'il était en grande colère en baragouinant dans son sabir.

« Le truchement traduisait :

« – Deux colliers, captain, et deux pièces d'indienne ! »

Sur la butte, deux douzaines de garnements assis en rond autour du vieux, les yeux brillants, bouche bée, captivés par le récit, admiraient sans réserve ce capitaine Colin, un type formidable qui tenait tête au roi nègre.

Zaccharie se prenant au jeu se levait et mimait la scène. Sa canne de houx promue bâton de commandement battait furieusement les herbes sèches. Il était tour à tour le capi-

* Le truchement : l'interprète.

taine Colin, puis le roi nègre. Il faisait mine de tenir la négresse par un licol :

– Regarde captain (il ouvrait la bouche, l'œil de travers, découvrant ses chicots noirâtres), elle a toutes ses dents ! Et puis (il se tapait sur la croupe), elle est robuste !

Redevenant Colin :

– Je ne te dis pas, grand roi, mais baste, deux colliers et une pièce d'indienne, c'est assez cher payé ! Ce n'est qu'une négresse, après tout !

« On finissait par transiger : deux colliers, deux pièces d'indienne. Le roi avait eu le dernier mot. Alors il condescendait à laisser à la négresse ses deux négrillons. Il avait sauvé la face, mais Colin avait fait la bonne affaire. »

Alors il n'y avait plus de moussaillons concarnois assis en rond au cœur de la ville close, en train d'attendre le retour des sardiniers, mais de vaillants matelots protégeant, la main sur le mousquet, leur brave capitaine menant la palabre autour des caisses de pacotille. Nous n'entendions plus les mouettes, mais le roulement sourd du tam-tam...

– Et ta jambe, Zaccharie, c'est un requin qui l'a mangée ?

– Gast non mon fieu ! Des Jean-Louis *, Zaccharie en a vu, croyez-moi, et des gros. Sur les côtes d'Afrique, ils vous avalent un homme d'un seul coup.

– Ils sont gros comment ?

* Jean-Louis : nom donné par les marins aux requins.

– Oh là là ! Zaccharie cherchait des yeux un point de comparaison. Comme... Comme le bateau de ton père !

Nous haussions les épaules, incrédules : comme une chaloupe sardinière ? Ce n'était pas possible ! Mais si, Zaccharie jurait :

– Puisque je vous dis les gars ! Un jour le cuistot du bord, un gars de Nantes nommé Marc Antoine, gras comme un goret, est tombé par-dessus bord en vidant un seau d'ordures. Probable qu'il avait trop forcé sur le tafia de la cambuse, ce maudit chien ! Pas même le temps de lui lancer un bout ! Un Jean-Louis est arrivé par en dessous et l'a avalé tout cru comme ça, hop ! Et moi qui étais penché sur le bastingage, j'ai juste vu sa gueule béante et ses sept rangées de dents aiguës comme des poignards, toutes rouges de sang. Ah, croyez-moi mes fieux, on n'a pas le temps de boire la tasse avec ces citoyens-là !

– Mais ta jambe, Zaccharie !

Le vieux faisait mine de se fâcher :

– Ah ! Vous ne me laissez pas raconter !

– Chut ! Chut ! faisait-on à la ronde, et le silence revenu, Zaccharie poursuivait :

– Quand il eut acheté tous ses esclaves au roi Abbéokouta, c'est ainsi que se nommait le roi de Lagos, le capitaine Colin s'est rendu compte que sa cargaison n'était pas complète. Il lui manquait une trentaine de sujets. Que faire ? Pouvait-on partir aux Amériques avec une cargaison incomplète ? Non n'est-ce pas ?

Nous acquiescions gravement devant la conscience de ce bon capitaine Colin, qui, non content d'être un courageux officier, un habile négociateur, était en plus un honnête homme qui n'aurait pas fait tort d'un esclave à son armateur.

– Puisque c'est comme ça, qu'il dit le captain Colin, et que ce roi nègre n'a plus rien à nous vendre, nous allons nous servir nous-mêmes, ça nous coûtera moins cher ! Matelots, demain nous mettrons à la voile vers le nord et à une journée de route d'ici, nous ferons terre à nouveau. Nous irons en brousse. La moitié de l'équipage gardera le bateau, l'autre moitié viendra avec moi. C'est bien le diable si on ne trouve pas un village où on pourra compléter la cargaison. Et le lendemain, nous voilà en brousse, le mousquet sur l'épaule, le sabre au poing, pas trop rassurés quand même, rapport aux lions qui sont aussi nombreux là-bas que les goélands à Penfret.

– C'est quoi un lion, Zaccharie ? demanda le petit Sauban qui allait sur ses six ans.

– Une bête féroce, dit Zaccharie en roulant des yeux qui se voulaient, eux aussi, féroces.

– Comme un loup ?

Zaccharie haussa les épaules avec commisération :

– C'est cinq fois, dix fois plus gros qu'un loup ! D'abord, le lion, c'est le roi des animaux. Il a une crinière énorme, et une gueule, mais une gueule, qu'il pourrait t'avaler tout cru mon mion.

Le petit Sauban frissonna, impressionné par ce pays où, sur terre comme sur mer, on était susceptible, à chaque pas, de se faire avaler tout cru.

– Et quand il rugit, dit encore Zaccharie, on l'entend à des lieues à la ronde. Tiens, suppose, il y aurait un lion en train de rugir à la pointe de Beg-Meil, on l'entendrait d'ici !

Sous nos larges bérets nous hochâmes la tête pour montrer à notre conteur la forte impression que faisait sur nous le roi des animaux. Mais déjà Zaccharie, sous la conduite du capitaine Colin, était entré dans une clairière où se tenaient des cases... Le village espéré ! Seulement, pas un homme dans ces gourbis, rien que des vieux, des femmes et des enfants.

– Tant pis, dit le capitaine Colin, il nous en faut trente !

Alors on choisit les plus jeunes des femmes et sans se soucier de leurs protestations on leur passe au cou des chaînes reliées par des cordes. Quelques bons coups de trique pour faire avancer les récalcitrantes, et nous voilà repartis vers le bateau. Mais soudain, on n'entend plus un bruit : même les oiseaux se taisent. Un grand silence s'abat sur la brousse. Mal à l'aise, nous nous arrêtons. Et tout à coup le tam-tam se met à battre : comme d'habitude, il semble venir de partout, toute la brousse en résonne !

« – C'est pas bon ça les gars, dit le capitaine Colin soucieux. En avant, dépêchons-nous ! Serrez les rangs, pressons, pressons !

« On accélère le mouvement. Les négresses piaillent à qui mieux mieux, les négrillons effarés se jettent dans leurs jambes, les faisant trébucher. Devant Zaccharie, Antoine Lachaume, un Grésillon *, tombe, une flèche venue de nulle part l'a frappé en pleine poitrine. On devine, invisibles derrière les hautes herbes, des centaines de présences hostiles. Soudain, au détour de la sente, une armée de grands Noirs barre le passage. Ils sont couverts de peintures de guerre et brandissent de redoutables sagaies barbelées en s'abritant derrière de hauts boucliers. Ils se trémoussent en cadence en scandant une mélopée bizarre et en frappant le sol de leurs pieds nus.

« – Qu'est-ce qu'on fait, mon Capitaine ? demande le bosco apeuré.

« Zaccharie lui sait ce qu'il a à faire. Au bout de son mousquet il tient en joue un grand nègre qui semble être le chef. Du plat de son sabre le capitaine Colin a relevé le canon de l'arme :

« – Imbécile, tu veux donc nous faire tous massacrer ? Relâchez les prisonniers !

* Grésillon : originaire de l'île de Groix.

« Les chaînes tombent, les négresses et leurs petits s'évanouissent dans la savane.

« – Maintenant, dit le capitaine Colin, serrez les rangs et en avant !

« La peur au ventre les matelots avancent, mousquets braqués à hauteur d'homme. Mais comme par magie, les Noirs ont disparu. Le tam-tam s'est tu. Un silence épais, inquiétant flotte sur la jungle. On fonce, dans la touffeur du soir, au travers des herbes qui déchirent les vêtements et la peau, en se battant le visage pour chasser les moustiques énormes...

« Enfin, voilà la mer, un élément familier donc rassurant. Là-bas, à deux encablures, la Reine-des-Fleurs tire sur son ancre et le canot nage à une portée de fusil. Un coup de feu tiré en l'air par le capitaine Colin attire son attention, et aussitôt il fait force rames vers la plage. Les hommes l'attendent, avec une impatience mal dissimulée, le mousquet braqué sur les arbres.

« En haut de la plage, à la lisière des cocotiers, un grand nègre immobile surveille l'embarquement des Blancs. Zaccharie s'élance : il le lui faut ce grand nègre ! Pour qu'on ne soit pas venus pour rien, il va ramener un esclave !

« Mais, dès qu'il atteint le haut de la plage, il n'y a plus personne. Le nègre s'est évanoui sous les arbres. Zaccharie avance, avance encore. Plus rien !

« Maintenant tous les matelots ont embarqué. Ils appellent :

« – Zaccharie ! Zaccharie !

« Dépité. Zaccharie fait demi-tour pour rejoindre la chaloupe. Soudain, le nègre est là, devant lui. Comment a-t-il fait ? C'est de la magie ! Zaccharie se précipite sabre haut. Mais il n'a pas fait deux pas qu'il entend un sifflement et ressent une douleur atroce dans la cuisse gauche. Une sagaie vient de lui transpercer la jambe. Il tombe en avant et, avant de perdre connaissance, pense : pourvu qu'elle ne soit pas empoisonnée !

« Sur la grève, le capitaine Colin n'attend plus. Il jure :

« – Quel imbécile !

« Soudain des centaines de Noirs sortent des arbres en hurlant et en brandissant leurs sagaies. La peur donne des ailes aux matelots, jamais chaloupe n'a ainsi volé sur les flots. Quelques sagaies tombent à l'eau, mais le canot est hors de portée. À la barre, le capitaine Colin fait le triste bilan de son expédition :

« – Deux hommes de perdus, pas un seul esclave de récupéré ! Dès ce soir, cap sur les Amériques. On a fait ce qu'on a pu, et les absents ont tort.

« Et, tandis que les nègres entraînent Zaccharie inconscient, la Reine-des-Fleurs portant toute sa toile, s'évanouit dans le crépuscule... »

À ce moment du récit, Zaccharie se recueillait en souvenir de ce qui avait failli être son dernier jour, balançait un jus de chique à trois pas et marquait un silence dû à l'émotion.

– Et après, Zaccharie ?
– Après mon gars ? (Il soupirait :) eh bien, je me suis retrouvé dans une case avec un sorcier qui agitait ses gris-gris autour de moi et des négresses qui me faisaient boire de drôles de potions. Je ne le savais pas encore, mais je n'avais plus de jambe. Les nègres me l'avaient coupée pendant que j'était inconscient.
– C'étaient des cannibales, Zaccharie ? demandait l'un des aînés de la bande. Il avait entendu cent fois ce récit et se sentait fort de sa supériorité de connaître le mot « cannibale ».
– Oui, mon fieu, disait gravement Zaccharie, dans ces pays-là c'est tous des mangeurs de chair humaine.

Nous hochions la tête d'un air dégoûté.
– Alors, demanda encore le petit Sauban, pourquoi ne t'ont-ils pas mangé ?
– Probable qu'ils ne m'ont pas trouvé à leur goût. N'oubliez pas qu'ils m'avaient coupé une jambe, peut-être pour la goûter... Allez savoir avec ces citoyens-là...
– Tu es resté longtemps là-bas, Zaccharie ?
– Trois ans, mon gars. Et si j'avais eu deux sous de sagesse, j'y serais encore.

Nous étions stupéfaits :
– Tu serais resté chez les nègres ?
– Sûrement, j'y étais soigné comme un coq en pâte. Je leur avais appris à faire des filets et des lignes pour attraper du poisson, à faire des nœuds, à naviguer à la voile, à godiller, toutes choses qu'ils ne savaient pas faire.

– Mais comment qu'ils pêchaient alors, Zaccharie ?
– Ils avaient de longs bateaux, des pirogues, creusées dans des troncs d'arbre. Ils se penchaient sur le bord, et, quand un poisson passait à portée, ils le piquaient avec leur sagaie.

Le chœur des mousses hochait la tête, émerveillé. En avait-il vu des choses, ce Zaccharie !

– J'avais une case, disait-il encore, et trois femmes à moi.

– Des négresses ?

– Bien sûr, mon fieu, dans ce pays il n'y a que ça. Elles étaient toutes nues...

Ce chapitre scabreux nous faisait toujours pouffer.

La mère Sauban, forte femme qui passait par là, sa panerée de linge sous le bras, s'indignait :

– Encore à raconter des cochonneries à ces enfants ! Vous n'avez pas honte, grand fainéant !

Puis elle nous apostrophait à notre tour :

– Et vous, bande de vauriens, vous feriez mieux d'aller donner la main à décharger le poisson !

Comme une volée de moineaux la troupe s'égaillait vers le quai Pénéroff. Il était temps, poursuivies par une nuée de mouettes criardes, les premières chaloupes poussées par leurs grandes voiles brunes embouquaient la passe.

Zaccharie, claudiquant sur sa jambe d'ébène, suivait de loin en grommelant des choses peu aimables pour la mère Sauban.

Adieu l'Afrique ! C'était au début de l'été 1806, la pêche était maigre, il ne fallait pas perdre un poisson et nous allions, pieds nus sur les pierres chaudes du quai, tâcher de nous rendre utiles.

Mais, grâce à Zaccharie, nous savions que, par-delà les Glénan, il y avait un vaste monde à découvrir, les Amériques où les hommes avaient la peau rouge, l'Asie où ils étaient jaunes et l'Afrique si mystérieuse couverte de plantes exubérantes, peuplée de bêtes féroces ou étranges et habitée par des hommes tout nus et tout noirs qui mangeaient de la chair humaine mais qui savaient aussi couper une jambe sans faire mourir le patient, cultiver la terre, tisser la laine et forger le fer.

Dès cette époque, je sus que je ne serais pas comme mon père un pêcheur de sardines, mais que, l'âge venu, j'embarquerais pour des croisières lointaines.

Josic Tellec

Si je pouvais, par mon récit, vous restituer une parcelle du bonheur que le vieux Zacharie m'a procuré, j'irais au-delà de mes espérances et je n'aurais pas l'impression d'avoir vécu en vain. Mon histoire remonte à bien loin, à une époque où les murailles de pierre qui font de l'îlot de Conq la formidable forteresse que vous connaissez n'étaient pas seulement une parure, mais une cuirasse nécessaire contre la dureté des temps. Elle reste cependant vivante dans mon esprit et dans mon cœur comme si elle datait d'hier.

Pour l'heure, c'est un vieux tosse mer * qui vous cause. Il y aura tantôt dix ans que j'ai pris

* Tosse mer : vieux marin qui a beaucoup bourlingué.

mes invalides * dans cette petite maison de la ville close qui m'a vu naître. Dix ans ! Et je n'ai plus désormais qu'à traîner ma vieille carcasse déralinguée ** de la maison au quai, du quai à la maison et tâcher voir à prêter la main pour décharger la sardine, histoire de sentir encore la mer danser sous mes pieds et aussi, il faut bien le dire, de gagner un boujaron *** chez Maria, au bistrot où mon équipage fait ses dépenses.

Maintenant on m'appelle Tonton Jos avec tout le respect que l'on doit à ceux qui ont navigué sur les sept mers, forcé les trois caps avec droit de cracher au vent, et qui, en plus, ont une pension de l'État.

Mais au temps où se passait l'histoire que je veux vous conter, on m'appelait encore Josic comme il est d'usage quand on est le fils aîné de Joseph Tellec, patron de la chaloupe Sainte-Anne, sardinier immatriculé au quartier de Concarneau, et mousse à son bord.

Je suis né en 1795 en ville close, dans cette pièce du rez-de-chaussée que mon père louait à la veuve Renard, et dans laquelle j'ai toujours mon lit, pour cause que, quand la veuve Renard a rendu sa vilaine âme à Dieu, j'étais

* Prendre ses invalides : prendre sa retraite.

** Déralingué : se dit d'une voile qui a perdu sa ralingue (le cordage destiné à la renforcer), donc en mauvais état. Ici malade, en mauvaise forme.

*** Boujaron : petite mesure en fer-blanc qui tient un seizième de litre et qui sert pour la distribution des liquides à l'équipage (terme de marine).

déjà quartier-maître, et, le père ayant péri en mer, je ne voulais pas laisser ma vieille à la rue. J'ai donc acheté toute la boutique.

Et je suis bien aise à cette heure d'avoir ainsi fait, au lieu d'avoir été dépenser, comme tant d'autres, toute ma solde en bordées. Jos Tellec est ici chez lui, et il ne doit rien à personne.

J'avais six frères et sœurs et nous vivions tous dans une vaste mais unique chambre. Les autres n'étaient pas mieux lotis, car cette petite maison d'un étage abritait dans ses quatre pièces quatre familles bien pourvues en descendance.

Au rez-de-chaussée, la chambre qui faisait pendant à notre logement était aux Sauban avec leurs quatre enfants. François Sauban était matelot, embarqué avec mon père.

À l'étage on trouvait Yves Le Coz, le charpentier de marine, sa femme, la Louise et leurs cinq filles d'un côté, de l'autre Jean Caugant le tonnelier, riche de quatre vigoureux garçons.

Ainsi, cette petite maison de quatre feux abritait en permanence une trentaine d'âmes pour parler comme le recteur Quélennec.

Et la vie s'écoulait jusqu'à ce jour pluvieux d'août où le Vétéran vint s'embosser dans le chenal du passage, l'étrave regardant le large comme il sied à un navire amiral, amarré à la batterie du Fer à Cheval, la proue accolée à la tour au Chien.

Ce n'était pas seulement un superbe vaisseau à trois ponts qui venait, pour trois ans, orner bellement nos vieilles murailles de granit, mais avec ses trois mâts immenses, ses dorures, sa figure de proue, ses officiers en uniforme de parade, le vent de l'Aventure avec un grand A venait de pénétrer dans les épaisses murailles de notre petite cité, et il allait chambouler bien des esprits, bouleverser bien des destins.

C'était aussi le début de cette histoire que M. Daniel qui a de l'instruction, vu qu'il apostille les registres de la mairie, veut bien écrire pour moi.

Ainsi parla Joseph Tellec, dans la soixante-quinzième année de son âge, deux ans avant que la mort ne vienne le prendre dans cette maison de la ville close qui l'avait vu naître.

L'arrivée du Vétéran

En cet été 1806 je venais d'avoir onze ans et, sur le Sainte-Anne, je recevais mon baptême de marin. Ma mère avait tremblé et écrasé une larme lorsque, pour la première fois, le bateau emportant son aîné avait disparu dans la nuit, silencieusement tiré par ses grandes voiles brunes. Mais n'était-ce pas le lot de tout petit Concarnois digne de ce nom que d'embarquer comme mousse dès ses dix ans venus ? En ces temps difficiles, ne mangeait que celui qui gagnait son pain. Et le pain, à Concarneau, c'était sur la mer qu'il se gagnait.

Est-il besoin de le dire, le roi n'était pas mon cousin. Être promu mousse faisait passer de l'enfance au monde des adultes. Sur cette chaloupe sentant fort la rogue et le poisson, que mon père avait fait construire dix ans plus tôt au chantier des frères Sauban, je voguais vers une vie nouvelle. À terre, c'était le monde des femmes, en mer, celui des hommes.

Avec mes camarades nous avions tant joué aux matelots dans l'arrière-port que nous pensions déjà tout connaître de ce futur métier auquel nous étions voués tout naturellement. Ramer, godiller, faire des nœuds, amarrer un canot, toutes ces pratiques nous étaient si familières que nous pensions être déjà des marins accomplis. Devant ces prétentions, nos aînés souriaient avec indulgence, nous laissant nos illusions. Les événements sauraient bien nous ramener à plus de modestie. Chaque chose se ferait en son temps.

Cependant, je n'avais pas connu une heureuse saison pour mes débuts de pêcheur. Il y eut d'abord en juillet l'apparition des bélougas * qui firent dans les filets d'énormes brèches. Le soir, au coin de l'âtre, à la lueur fuligineuse d'une chandelle de suif, les femmes s'usaient les yeux à réparer ces dégâts. Ensuite il y avait les Anglais, encore et toujours ces maudits Anglais, nos ennemis héréditaires avec lesquels comme d'habitude nous étions en guerre, et qui rôdaient autour des Glénan. Il fallait s'en méfier comme de la peste car il leur arrivait dc capturer des barques de pêche, tantôt pour se procurer du poisson frais, tantôt

* Bélougas ou bélugas : nom donné aux marsouins qui, sur nos côtes, détruisent les filets des pêcheurs.

pour avoir des renseignements sur ce qui se passait à terre, tantôt, et c'était un grand malheur, pour enrôler de force les hommes qui faisaient défaut à leur marine.

Enfin, le poisson se faisait rare, la rogue chère, et comme il était fréquent que les captures ne couvrissent pas les dépenses de cet appât venu des lointains ports de Norvège, les barques restaient à terre et les marins désœuvrés erraient sur les quais comme des âmes en peine. Pour comble, ce mois d'août ressemblait à un vilain novembre.

Nous vivions donc dans la hantise de l'Anglais qui se comportait avec les villes littorales comme jadis les Normands de sinistre mémoire. Débarquant des troupes armées sur les côtes mal défendues, ils pillaient villages et fermes, abattaient le bétail, forçaient les femmes, emmenaient les hommes, ne laissant après eux que cendre et désolation.

Concarneau était encore sous le coup de l'émotion qu'avait provoquée l'attaque, par ces mêmes Anglais deux mois plus tôt, des postes de Doélan et de Rospico. Trente hommes avaient débarqué de nuit sans rencontrer de résistance, avaient encloué les canons de la batterie et détruit tout le matériel. À quatre lieues de Concarneau !

Les plus folles rumeurs circulaient. On disait que, de Concarneau même, des espions les renseignaient, donnant leurs messages à un mystérieux chouan qui se terrait dans la campagne entre Névez et Trévignon.

Certains vachics prétendaient même l'avoir vu et le décrivaient comme un homme de haute taille, au nez busqué, coiffé du large chapeau des paludiers de Guérande, avec des chaussures à guêtres de cuir, un *bragou braz* * et une chemise blanche marquée au sein d'un Sacré-Cœur rouge, couvert d'une large houppelande en peau de chèvre.

Des patrouilles de gens d'armes étaient même parties à sa recherche mais n'en avaient trouvé trace, ce qui ne prouvait rien tant ces chouans sont habiles à se dissimuler... Interrogés, les gens des campagnes retenaient leur langue, probablement par peur de représailles.

Vint enfin le 26 d'août de cet été morose. Le temps était plus calamiteux s'il se pouvait que les autres jours, les perspectives de pêche restaient aléatoires et pourtant dès quatre heures mon père m'avait secoué : vaille que vaille il fallait partir en mer. Si l'on ne pêchait pas maintenant que mangerait-on cet hiver ? Sur les pavés rugueux de la ville close, dans l'aube naissante, les sabots de bois résonnaient et les façades de granit des vieilles maisons renvoyaient ce roulement sonore. Arrivés sur le pont-levis, nous vîmes sur le quai Pénéroff des matelots hésitants. Qu'arrivait-il ? D'ordinaire les préparatifs

* *Bragou braz* : large culotte s'arrêtant au genou, portée par les paysans.

d'embarquement étaient prestement expédiés, chacun tâchant de gagner le large le premier. Mais ce jour-là, personne encore n'avait hissé les voiles. Mon père intrigué s'enquit auprès d'un autre patron de ce qui se passait :

– Qu'y a-t-il donc grand Ru * ? Serais-tu malade qu'à cette heure tu n'aies pas encore doublé le Cochon ** ?

– Regarde donc au large, Jos Tellec, répondit grand Ru à mon père (on l'appelait Ru parce qu'il était roux comme un feu de lande et grand, bien que de taille moyenne, pour le distinguer de son frère, le petit Ru), regarde un peu ce qui se passe là-bas et peut-être que tu seras moins faraud !

Et, pendant que mon père montait sur un vieux casier à crabes pour tâcher de mieux voir, il ajouta :

– Peut-être que tu as envie d'aller faire un tour sur les pontons des Goddams *** ! Pas moi !

Les hommes s'étaient regroupés, le visage sombre, les mains au fond des poches de leurs larges pantalons de toile délavée cent fois rapiécée et scrutaient l'horizon vers les îles Glénan, échangeant de loin en loin des propos laconiques, la mine soucieuse. Il allait sans dire que ce jour, pas un sardinier ne mouillerait ses filets.

* Ru : rouge en breton.

** Le Cochon est un récif marqué d'une balise à l'entrée du port de Concarneau.

*** Goddams : les Anglais.

– Encore une journée de perdue, jeta mon père furieux.

Un vieux lui répondit, sentencieux :

– Mieux vaut perdre un jour que de perdre sa vie, mon gars.

Et grand Ru ajouta :

– Avec ce foutu temps, de toute façon on n'aurait pas vu une écaille !

Cela ne consolait pas mon père qui grommela :

– Voilà l'été fini et il n'y a toujours pas un sou à la maison !

Et là personne ne répondit, car il en était de même pour tous : l'hiver serait rude dans les foyers concarnois, puisque la sardine, « le pain de l'hiver », avait boudé la baie de Concarneau.

Un jour blafard se levait sur une mer grise que de fortes déferlantes tachaient d'écume livide. Entre deux rafales de pluie hachurant l'horizon, on apercevait, au large des îles, de hautes mâtures chargées de toile, et le vent portait à la côte des grondements terribles.

Les matelots étaient remontés par petits groupes jusqu'à la chapelle de la Croix d'où on découvrait toute la baie.

Un mousse de mon âge dit pour lui-même :

– Grand-mère va trembler, elle a peur de l'orage !

– Drôle d'orage ! laissa tomber un matelot sans se retourner.

Et sans se retourner davantage, un autre ajouta :

– Et ta grand-mère a bien raison de le redouter !
– Ce n'est donc pas le tonnerre qu'on entend, m'étonnais-je ?

Alors un vieil homme appuyé sur une canne se retourna vers moi. C'était Zaccharie.

– Si mon fieu, c'est bien le tonnerre que tu entends, le pire de tous les tonnerres : le tonnerre de Brest !

Je restais interdit : le tonnerre de Brest * ? Mais alors, ces vaisseaux qui couraient sous la pluie...

– On se bat donc, Zaccharie ?
– On dirait bien, mon fieu.
– Où ça ?
– Derrière les îles.
– D'ici on ne voit rien, m'exclamais-je. Si nous avions été en mer...

Zaccharie me tapota la tête de sa main osseuse :

– S'il était allé en mer, le petit Josic serait aux premières loges pour assister au spectacle ! C'est bien ça mon Josic ?
– Ben oui, dis-je vaguement embarrassé. Plus près on verrait mieux !

Un grondement terrible venu du large roula jusqu'à la côte, couvrant même les plaintes des goélands. Zaccharie s'était accoté au mur de granit gris de la chapelle de la Croix, à l'abri du vent. Sous son large béret de feutre noir cassé comme une toiture, ses yeux trop bleus

* À Brest, quand un forçat s'évadait du bagne, on tirait le canon pour donner l'alarme, d'où l'expression « tonnerre de Brest ».

scrutaient l'horizon. Son visage était mangé par une barbe épaisse, grisonnante, et, suivant les caprices du vent, une des jambes de son pantalon battait furieusement le pilon de bois noir et brillant qui lui servait de jambe droite.

– Je ne vois rien, Zaccharie. À qui sont ces bateaux ?

Il haussa ses épaules maigres sous son caban de drap noir, et avec une voix où le mépris le disputait à la rancune :

– Aux Goddams probable ! Voilà des mois qu'ils sont là derrière les Glénan à surveiller qui entre et qui sort, de Concarneau, de la rivière Odet comme des maudits chiens autour d'un terrier ! (Et, tournant la tête vers la ville close :) On n'aurait pas eu nos murailles, mon fieu, ils auraient déjà débarqué pour mettre le pays à feu et à sang ! (Et, balançant un jus de chique noirâtre à trois pas :) Retiens bien ça, Josic, et fais-en ton profit : il n'y a rien de bon à attendre de ces citoyens-là !

Bien qu'il fût encore très tôt, la foule avait grossi autour de la chapelle. La rumeur qu'on se battait autour des Glénan avait promptement fait le tour de la ville close, et tous ceux qui pouvaient se déplacer, indifférents aux grains qui fouettaient la dune, se pressaient pour ne pas manquer une miette du spectacle.

Autour de nous les rumeurs couraient bon train, chacun y allant de ses supputations, cherchant à deviner ce que l'on ne faisait qu'entrevoir. Les grondements de canon me paraissaient plus proches. Je frissonnai en me rapprochant de Zaccharie :

– Crois-tu que les Sauzons * vont débarquer ici, Zaccharie ?

– Qu'ils viennent, dit fièrement le vieil homme. Nous avons de quoi les accueillir avec tous les honneurs dus à leur rang. Il y a, à la batterie, quatre bonnes pièces de trente-six qui ne demandent qu'à servir, et le capitaine Eloph Laurent, du 8e d'artillerie, s'y entend comme personne pour les faire chanter. Ses hommes sont sur le pied de guerre depuis le petit matin et le boutefeu ** n'est pas près de s'éteindre ! Et là-bas au cap Bellou, Louis Bargain n'est pas moins attentif avec ses quinze hommes et ses quatre pièces de vingt-deux pouces et juste en face, à Mousterlin, il y a Bille qui veille. Crois-moi Josic, ces maudits Goddams ne sont forts que contre les faibles. Ils y regarderont à deux fois avant d'embouquer la baie. (M'ayant ainsi rassuré, il se fit une visière de la main pour tenter de percer le rideau de pluie, mais secouant la tête il maugréa :) La peste soit de cette boucaille *** ! Que je sois pendu au grand cacatois si je vois quelque chose dans cette soupe ! (Puis m'invectivant amicalement :) Allez la bleusaille, regarde bien, toi qui as des yeux tout neufs !

* Sauzons ou Saozons : (breton) Anglais.

** Boutefeu : bâton garni à son extrémité d'une mèche, utilisé pour mettre le feu à la charge d'un canon.

*** Boucaille : sale temps humide et sombre.

J'eus beau écarquiller consciencieusement les paupières, je ne vis rien d'autre que les hautes formes des voiles blanches fuyant tels des fantômes dans la bourrasque.

Une rumeur parcourut la foule : l'armateur Pennanros, qui avait une lunette d'approche, avait distingué un pavillon tricolore sur le plus gros des vaisseaux, un trois-ponts précisait-il ; on pouvait lui faire confiance : l'homme connaissait son affaire. Et les autres ? Cent voix questionnaient l'armateur qui avait confié la précieuse lunette au capitaine Laurent. Les autres ? Quelle question ! Mais des Goddams, des Sauzons, des Anglais enfin ! Comment s'y tromper puisque la flamme blanche à croix rouge des vaisseaux de guerre de sa très gracieuse Majesté flottait dans leur mâture !

La foule grondait : ah les maudits chiens ! Fallait-il qu'ils soient lâches, à quatre contre un !

La longue lunette de cuivre jaune circulait de main en main, les patrons de chaloupe se la passaient avec de grands égards. J'eus donné toute la fortune que je n'avais pas pour pouvoir y jeter un œil, mais il était hors de question qu'un marmouset * comme moi puisse poser la main sur un objet aussi précieux !

À nouveau M. Pennanros brandit la lorgnette et, après un long examen, la tendit au capitaine Laurent avec une moue de mauvais aloi.

* Marmouset : petit enfant.

– Ils sont perdus, dit-il.

Et le capitaine Laurent, rabaissant à son tour la lunette d'approche, approuva :

– Ou ils s'échouent sur les rochers, ou ils acceptent le combat à un contre quatre...

En entendant cette condamnation, une rumeur désolée parcourut l'assistance, les femmes se signèrent en tombant à genoux sur l'herbe mouillée de la dune et des bribes de prières reprises en chœur s'envolèrent au vent :

– *Ora pro nobis*...

Sans que l'on ait identifié le vaisseau, chacun savait qu'il y avait nécessairement des matelots de Concarneau à son bord. Serait-ce le corps d'un fils, d'un frère, d'un époux que l'on retrouverait mangé par les crabes sur la grève dans les jours à venir ? Puisque chaque fois qu'un naufrage avait lieu, les corps des pauvres trépassés revenaient immanquablement à la côte.

– Pourquoi ne vient-il pas dans la baie, Zacharie ?

Ma question fit naître un sourire triste sur les lèvres du vieil homme.

– Crois-mon mon fieu, c'est pas l'envie qui leur manque ! Hélas, un vaisseau à trois ponts ne passe pas au travers des cailloux comme une chaloupe à sardines ! Il n'y a pas assez d'eau mon pauvre gars !

Pendant un temps on n'entendit plus que le bruit du ressac sur la plage, le cri aigu des mouettes jouant dans les rouleaux, le crépitement de la pluie sur les ardoises de la chapelle, les rafales du vent dans son clocheton sur un fond d'incantations ferventes. Les femmes étaient toujours à genoux et les hommes, le regard dur, semblaient pétrifiés. Drossés à cette impitoyable barrière rocheuse, des marins, leurs frères, allaient mourir en vue de leur maison. Et ça sous leurs yeux impuissants.

Puis, soudain, le groupe parut reprendre vie. Des femmes se relevèrent époussetant leurs genoux, à nouveau les hommes échangèrent des propos d'abord timides, puis étonnés. Là-bas, entre la pointe de Beg-Meil et Mousterlin, des voiles grossissaient à vue d'œil. Puis le murmure se fit tumulte :

– Ils sont passés ! Ils sont passés !

La joie de la foule fut indescriptible. Des bonnets volèrent au vent découvrant d'étranges visages à deux couleurs ; des fronts blafards, des nez et des mentons de terre cuite. Les hommes s'envoyaient des bourrades sur les épaules, les femmes pleurant, mais de joie cette fois, tombaient dans les bras les unes des autres ou se laissaient choir à genoux pour remercier le ciel d'avoir exaucé leurs prières.

Les Anglais avaient prudemment abandonné la chasse et tiraient des bords devant la barrière d'écueils où l'énorme vaisseau français avait, comme par miracle, trouvé la passe.

Il y eut un nouveau coup de canon anglais, mais il n'était pas dirigé vers le français qui était désormais hors de portée. Que signifiait-il ? D'aucuns, prêtant aux Anglais de bons sentiments, pensaient qu'ils avaient voulu signaler le danger d'échouage aux Français, d'autres y voyaient une manifestation de dépit. Zaccharie, l'avenir devait nous l'apprendre, fut le plus perspicace.

– Ce coup de canon, mon fieu, ça veut dire : on se retrouvera !

Mais personne, sauf moi, n'écoutait plus le vieux.

– Crois-tu qu'ils vont l'attendre, Zaccharie ?

Alors, me montrant la foule en liesse :

– Ils croient que c'est fini. Moi je te dis, Josic, ça ne fait que commencer !

– Comment ça ? fis-je interdit.

Il se pencha vers moi :

– Dis-moi mon gars, quand tu vas pêcher à la grève à la marée basse et que tu as coincé un homard au fond de son trou, est-ce que tu le laisses s'échapper ?

Et comme je restais sans réponse :

– Eh bien, ce vaisseau sera en sûreté sous les murailles de la ville close comme le homard au fond de son trou. Mais gare quand il voudra en sortir ! Crois-moi mon fieu, les chasseurs seront devant la porte ! Je les connais les Goddams ! Ils ont des chiens qu'on appelle des chiens taureaux...

Des chiens taureaux ! Il allait fort le Zaccharie. Bien que je fusse un marmouset, il n'espérait tout de même pas me faire gober cette fable ! Devant mon air incrédule il ajouta :

– Parfaitement mon gars, des chiens taureaux ! Laids comme les sept péchés capitaux, mauvais comme la *keben de Lochorn* * ! Avec des dents énormes qui leur sortent de la gueule et une bave fumante qui leur dégouline sur le poitrail. Ces chiens-là, quand ils ont croché dans quelque chose, c'est pire qu'un congre ! Tu peux leur couper la tête, jamais ils ne lâchent prise !

J'étais ébahi. Se pouvait-il qu'il y eût sur terre d'aussi abominables créatures ?

– Eh bien, dit Zaccharie en guise de conclusion, les Goddams sont comme leurs chiens. M'est avis qu'il faudra drôlement leur taper dessus avant qu'ils lâchent le morceau.

Pendant ce temps, là-bas à la pointe de Beg-Meil, le vaisseau avait mis en panne. Il s'était fait une accalmie, la pluie avait cessé et un soleil timide tentait de percer les nuages. L'éclaircie nous permettait de voir les gabiers dans la haute mâture en train de brasser les voiles.

Abandonnant Zaccharie, je dévalai la dune sur mes pieds nus. Les chaloupes allaient sûrement se porter à la rencontre du vaisseau et j'étais résolu à ne pas manquer l'occasion d'approcher un navire de l'empereur.

* *Keben de Lochorn :* femme légendaire, d'affreuse réputation, méchante et sale, qui habitait Locronan (Lochorn en breton).

Le commandant Le Bozec

Le vaisseau de l'empereur, j'avais eu bien tort de me précipiter sur le Sainte-Anne pour le voir de plus près, devait rester amarré dans le chenal du Moros à cent pas de ma maison pendant trois ans et je ne manquais pas d'aller chaque jour lui rendre visite.

Je ne chercherai pas à vous raconter ici l'allégresse qui souleva toute notre vieille cité quand le Vétéran, remorqué par les chaloupes sardinières à force rames, fit son entrée dans le port, tel un géant traîné par des nains, ni la légitime fierté conçue par les Concarnois quand ils surent que c'était un enfant du pays, Jean-Marie Furic, matricule 2096 au Quartier maritime de Quimper, timonier à trente francs, qui avait, par sa connaissance de la baie et des roches des Glénan, sauvé le vaisseau de l'échouage ou de la capture, dans les deux cas, du déshonneur.

Jean-Marie Furic fut reconduit en triomphe chez ses vieux parents par ses anciens compagnons, ceux-là même avec qui il pêchait la sardine quelques mois auparavant.

Jérôme Bonaparte rejoignit la côte dans la chaloupe d'honneur du bord sous les hurrah de toute la population massée au bout de la digue, les officiers ne débarquèrent que plus tard.

Dès que l'événement avait été connu, le maire avait dépêché un courrier à la préfecture de Lorient ; le lendemain, le capitaine de vaisseau Le Bozec arrivait dans nos murs et prenait le commandement du Vétéran pour faire le dernier bout de route qui devait le fixer pour si longtemps entre Lanriec et Concarneau.

Ce fut une longue et difficile manœuvre. Il fallut libérer le vaisseau des lourdes pièces d'artillerie pour remonter son tirant d'eau, faute de quoi il eût talonné dans la passe. Ces manœuvres se firent au cabestan sous le sifflet du maître d'équipage, les aboiements des boscos, les coups de garcette * pleuvant sur les épaules des malheureux matelots pour stimuler leur zèle.

Pendant ce temps, dans les cales du navire, on s'activait aux pompes pour vider l'eau qui

* Garcette : petite tresse faite de vieux cordages avec laquelle on donnait les punitions.

se trouvait dans les fonds. Il importait en effet que le navire fût allégé au minimum de manière à caler le moins d'eau possible.

Au matin du 30 août, le navire, remonté à dix-neuf pieds de tirant d'eau, fut déhalé au pied des remparts de la ville close. Est-il besoin de le dire, la manœuvre fut suivie du haut des remparts par toute la population et en particulier par les enfants, que cette arrivée avait mis dans un état d'exaltation extraordinaire.

Zaccharie n'en manquait pas une miette, commentant les différentes manœuvres avec une compétence surprenante.

Mon père et les autres maîtres de chaloupe avaient été requis pour la conduite du vaisseau à travers le port, et comme il fallait pour tirer sur les avirons des hommes solides, nous autres les mousses avions été laissés à terre pour la circonstance.

En plus des chaloupes qui assuraient l'avancée du Vétéran, des touées * avaient été conduites à terre pour éviter au grand vaisseau de s'échouer, car dans les grains les rafales de vent se prenaient dans la haute mâture, rendant la manœuvre délicate.

Enfin, à dix heures trente, le navire était à poste, l'étrave tournée vers la passe. Il était amarré à deux ancres mouillées dans le chenal, celle de bâbord sur un câble en bon état,

* Touées : amarres frappées à terre pour conduire un navire dans le cas de manœuvres délicates.

celle de tribord sur un câble neuf, assuré par l'arrière par quatre grelins * à demi usés et deux câbles neufs frappés sur des bittes à terre.

Le commandant Le Bozec fit alors disposer sur les pointes autour du port les canons de vingt-quatre débarqués du Vétéran et les mortiers que le vice-amiral Thévenard, préfet de Lorient, avait fait parvenir aux autorités militaires pour prévenir toute tentative de débarquement des Anglais.

Une fois prises toutes ces précautions dans un remue-ménage que je vous laisse imaginer, Zaccharie, qui était à son poste habituel à la batterie du Fer à Cheval, hocha la tête avec satisfaction :

– Le voilà bien assuré, moussaillon !

Entouré de ses officiers en costume de parade, Le Bozec vint sur les remparts pour une tournée d'inspection. C'était un homme d'une cinquantaine d'années, de taille moyenne, plutôt corpulent, simplement vêtu d'un uniforme bleu marine sans apparat. Des favoris blancs coulaient sur ses joues hâlées. Il tenait à la main une lunette d'approche que, sitôt parvenu à notre hauteur, il braqua vers le large. Puis, se retournant vers ses officiers, il dit d'une voix rude qu'on sentait faite pour le commandement :

– Les maudits chiens sont toujours là !

– Et ils ne sont pas près de s'en aller, marmonna Zaccharie un peu plus fort sans doute qu'il n'eût voulu.

* Grelin : gros cordage d'amarrage sur un navire.

Les officiers chamarrés se retournèrent pour voir qui avait parlé, toisèrent le bonhomme avec dédain et, haussant les épaules, reprirent leur examen de l'horizon. Seul le commandant Le Bozec resta à fixer le vieux tosse mer un peu plus que les autres. Enfin il se détourna et fit quelques pas en direction de l'extrémité du rempart. Puis, revenant vers nous, il s'arrêta devant Zaccharie.

– Tu connais donc bien les Sauzons, matelot ?

– Bien trop, monsieur l'Officier, fit Zaccharie avec respect, en tâchant de se lever de son banc de pierre.

Le commandant leva la main pour prévenir son geste :

– Reste donc assis.

Et, montrant d'un geste la jambe d'ébène du vieux :

– C'est même peut-être bien eux qui t'ont pris une jambe !

– Eh non monsieur l'Officier, dit Zaccharie en tirant un peu sur son pantalon pour montrer son pilon noir. Ma jambe, c'est un nègre, sauf votre respect, qui me l'a coupée.

– Tu as donc fait la traite ?

– Oui monsieur l'Officier, sur la Reine-des-Fleurs, avec le capitaine Colin, de Nantes.

– Tu as aussi bourlingué aux Amériques ?

– Oui mon Officier, et aux Antilles. Fallait se garder de ces sacrés Goddams, toujours prêts à venir voir s'il n'y avait rien à leur convenance dans nos cales !

À six pas de là, les officiers du Vétéran continuaient de scruter l'horizon, plus pour se donner une contenance que pour y voir quelque chose, la boucaille tuant toute visibilité, jetant de temps en temps des regards en biais et totalement désapprobateurs sur le commandant en conversation avec Zaccharie. Était-il bienséant pour un officier de l'empereur de se commettre avec ces gens de rien ? Il est vrai, semblaient dire leurs œillades, que ce Le Bozec, quels que soient ses mérites de marin, n'est pas « né ».

Le commandant ne paraissait pas se soucier de ce que l'on pensait de lui dans son dos. Il poursuivait sa conversation avec Zaccharie dont le parler pittoresque semblait le mettre en joie.

– Alors matelot, dit-il, puisque tu t'y connais en bateau, que penses-tu de celui-ci ?

– Un sacré beau canot, monsieur l'Officier, dit le vieux, l'œil brillant. Avec cinquante ans de moins et ma jambe à moi, je serais monté établir le petit perroquet *, et j'y aurais pris du plaisir, foi de Zaccharie !

Le capitaine se mit à rire.

– C'est que c'est haut les vergues de perroquet sur un vaisseau à trois ponts, matelot !

Et il regardait la pomme du grand mât qui dépassait la muraille grise de deux hauteurs.

* Petit perroquet : petite voile de la haute mâture.

– C'est pour ça que j'y aurais pris du goût, mon Officier, dit Zaccharie.

Et il ajouta avec mélancolie :

– Dame, c'est que ça ne se voit plus guère maintenant, mais à vingt ans, j'étais un fameux gabier !

– Eh, dit le commandant, on voit que le gabier n'a pas tout oublié ! Dis-moi, comment trouves-tu notre mouillage ?

– On ne saurait trouver plus sûr dans toute la région, mon Officier.

– Tu as vu la manœuvre pour l'amener ?

– Oh, mon Officier, depuis que le bateau est entré dans la baie, je ne l'ai pas quitté des yeux !

– Alors ?

– Une bien belle manœuvre, mon Officier. Difficile, mais bien menée. Seulement...

– Seulement ?

– Si j'osais mon Officier, mais ne le prenez pas en mauvaise part...

– Dis toujours !

Zaccharie hésita imperceptiblement, craignant de heurter la susceptibilité de cet important personnage, puis mis en confiance par l'air amène de son interlocuteur, se lança :

– Si je n'étais que de vous, je doublerais les aussières du côté de la muraille.

– Crois-tu, dit le commandant, il y a déjà deux câbles neufs...

– Suffisants maintenant que ce sont les mortes-eaux, mon Officier. Mais l'équinoxe approche, aux vives-eaux le courant est violent dans le chenal, surtout au jusant. Il rase la muraille et si une des aussières arrière venait à céder, le navire serait drossé sur les rochers de Lanriec. Au grand risque de se perdre.

Le commandant, songeur, se pencha au-dessus de l'eau.

– Peut-être as-tu raison, matelot, je vais y penser.

Et il ajouta :

– Mais d'ici à l'équinoxe, nous serons loin j'espère.

Zaccharie eut une moue dubitative que le commandant remarqua.

– Tu ne me crois pas, matelot ?

– J'espère que mon Officier a raison, dit prudemment Zaccharie.

Puis le commandant s'en fut rejoindre ses officiers qui manifestaient des signes d'impatience. Se ravisant, il revint de nouveau vers nous :

– Dis-moi matelot, que crois-tu que vont faire les Anglais à présent ?

– Ils vont rester tourner derrière les Glénan, mon Officier. Un vaisseau amiral à portée de main, ça va les rendre enragés.

– Et après ?

– Après quoi, mon Officier ?

– Eh, matelot, ils ne vont pas rester là *ad vitam aeternam !*

– Ils resteront le temps qu'il faudra, mon Officier. Les Goddams sont tenaces ! Tant que le

bateau restera là, de la mer ils ne pourront rien faire.
– Alors, que feront-ils selon toi ?
– Ils essaieront par la terre, mon Officier.
– Tiens donc, par la terre ! Qu'est-ce qui te fait dire ça ?
– Ben dame, mon Officier, le voleur qui ne peut pas entrer par la porte de devant essaie la porte de derrière ! On peut couler un vaisseau de différentes manières, à coups de canon par exemple, ce qui est difficile, ou en coupant ses amarres pour qu'il s'échoue : c'est plus simple, un seul homme avec une hache suffit. Ou encore...

Zaccharie soupira, hésita, comme quand on va dire une énormité.
– Ou encore ? reprit le commandant.
– Ou encore en y mettant le feu. Un boutefeu jeté dans la Sainte-Barbe * et on aurait droit à un drôle de feu d'artifice, n'est-ce pas mon Commandant ?
– Encore faudrait-il y arriver !
– C'est vrai. Mais les aussières crochées sur Lanriec seraient faciles à couper...
– Je vais y mettre des sentinelles, dit Le Bozec. Dis-moi, crois-tu qu'il y ait des agents anglais par ici ?
– Oui mon Officier.
– Tu en as entendu parler ?

* Sainte-Barbe : dans un vaisseau de guerre, la soute où sont entreposées les poudres et munitions.

– On dit qu'un chouan se terre sur la lande entre Trévignon et Beuzec, et qu'il envoie des signaux aux Sauzons qui tournent au large.

– Des signaux ? Vraiment ? dit le commandant soudain soucieux.

– Des pêcheurs qui cabanaient * aux Glénan ont vu de drôles de feux sur la palue de Trévignon la nuit...

– Comment de drôles de feux ? La nuit on voit des feux un peu partout sur la côte.

– Oui, mais ceux-là apparaissaient, puis disparaissaient à intervalles réguliers, comme si on les avait par moments masqués pour faire passer un message.

– Tiens donc, fit le commandant, perplexe.

Zaccharie poursuivait :

– Au printemps, les batteries de Doélan et de Rospico ont été attaquées de nuit, par traîtrise. Elles ont été détruites et leurs canons encloués par des Goddams arrivés en chaloupe sur la grève. Cette nuit-là, la garnison était réduite pour cause de rotation du personnel. Comment les maudits Goddams auraient su le jour de la relève qui est tenu secret si quelqu'un de mal intentionné ne leur avait pas, de terre, signalé ce moment ?

– Humpf ! fit Le Bozec de plus en plus perplexe, sais-tu que tu me donnes à penser, matelot ?

* Cabaner : les marins, lorsqu'ils passaient la nuit en mer sur leurs canots non pontés, faisaient, avec la voile, une sorte de tente (une cabane) pour s'abriter.

– Mieux vaut y penser, en effet, mon Officier, car un homme averti déjoue une traîtrise plus aisément qu'il n'en répare les dégâts.

– Bien raisonné, matelot. Alors, nous allons convenir de quelque chose tous les deux : si tu entends parler de quoi que ce soit...

Il nous regarda, nous les mousses qui suivions cette conversation avec passion, et reprit, corrigeant un tant soit peu son propos :

– Si ces bons garçons entendent parler de quoi que ce soit, qu'ils te le disent, et toi tu me préviendras. Mais moi seulement. Il y va de la vie de braves matelots, moussaillons, et aussi de la vie de ce beau bateau et peut-être de votre vie à tous, et même – il baissa la voix – de la destruction de cette ville.

Là je trouvais que le commandant allait un peu fort. Que les Sauzons risquent un coup de main sur la ville, soit. C'était dans le domaine des choses possibles. Encore que, avec tous ces soldats, ces marins... Mais que le commandant redoute qu'ils mettent bas nos formidables murailles de granit, vraiment, je ne croyais pas la chose possible. Mais, l'ai-je dit, j'étais à cette époque un castor * sans cervelle, et je ne savais pas que le Vétéran tenait dans ses flancs quatre mille barils de poudre !

J'étais plongé dans ces pensées quand Zacharie nous regarda, tout fier d'être devenu, sur l'âge, chef d'une bande de galapiats :

* Castor : mousse.

– Vous avez entendu le commandant, la bigaille * ? Ouais ? Alors ouvrez les écubiers, brassez carré les écoutilles ** et tournez votre langue au taquet *** ! Tout ce que vous entendrez, c'est à Zaccharie et rien qu'à Zaccharie qu'il faudra le dire.

Nous comprenions tous, sans qu'il soit besoin de traduire, le langage imagé en usage sur les vaisseaux du roi, et il n'était pas utile de préciser qu'il attendait de nous que nous ouvrions les yeux, les oreilles et que nous tenions notre langue.

– Dis-moi, matelot, demanda le commandant, tu me connais donc ?

– Vous êtes le commandant Le Bozec, mon Officier.

– Et comment m'as-tu reconnu ?

Zaccharie eut un petit rire malin, s'assura que les officiers de parade, las d'attendre la fin du conciliabule, s'étaient éloignés de l'autre côté du rempart et ne pouvaient donc pas l'entendre et dit :

– Sauf votre respect, mon Officier, dans la marine il y a ceux qui ont l'air d'être, et ceux qui sont. Ceux-là, fit-il en montrant du bout de

* Bigaille : terme désignant de jeunes matelots sans expérience.

** Écoutille : ouverture rectangulaire pratiquée dans le pont d'un navire et qui permet l'accès aux étages inférieurs. Par métaphore, désignent ici les oreilles.

*** Amarrer sa langue au taquet : se taire, la boucler.

son bâton le groupe élégant qui revenait en faisant des mines, ils ont l'air d'être des officiers, ce sont peut-être des officiers, mais sûrement pas des marins. Il leur a fallu un pêcheur de sardines pour mener le canot en lieu sûr dans la baie, et si vous n'aviez pas été là pour commander la manœuvre et le mouiller en sûreté où il est, ces pilotes de mouscaille vous l'auraient foutu au plein *, aussi vrai que je m'appelle Zaccharie !

Cette fois le commandant partit d'un grand rire sonore et, fouillant dans sa poche, il prit une pièce d'argent qu'il jeta à Zaccharie :

– Tiens matelot, pour boire un coup de tafia à ma santé. Et pense bien à moi !

Et rejoignant ses officiers, il se dirigea vers la tour au Chien.

* Mettre au plein : échouer un navire.

Dans une maison de matelot

Après avoir traîné dans la ville close, animée comme jamais elle ne l'avait été, après avoir rôdé autour de l'auberge de l'Aigle impérial où était descendu le prince Jérôme, puis autour des cabarets où les officiers menaient grand train, il fallut bien, la nuit venant, rentrer à la maison.

Ma mère m'accueillit fraîchement :

– Est-ce que c'est une heure pour rentrer à la maison ? Mauvais sujet !

Un vigoureux coup de torchon sur l'oreille gauche ponctua l'algarade.

Chez nous comme dans bien des foyers de marins, c'était la mère qui faisait fonction de préfet de discipline. En effet, les hommes étaient trop souvent absents et, livrées à elles-mêmes avec une marmaille turbulente et les soucis domestiques, elles faisaient régner l'ordre avec une autorité sans faille à laquelle les maris devaient eux aussi se soumettre.

L'arme des châtiments était le torchon, et ceux qui en sourient ont tort car, quand la rude toile de lin lourde d'humidité vous fouettait l'épiderme, on en gardait la marque en rouge pendant quelque temps.

Quand la mère se mettait à nous vouvoyer, c'était mauvais signe. Car si le tutoiement était réservé aux paroles aimables, le vouvoiement annonçait la réprimande.

Les petits se pressaient déjà autour de la table, attendant leur pitance comme des goélands autour du quai. Mon père était assis pensif auprès de l'âtre où, sous la marmite suspendue à sa crémaillère, rougissait un feu de lande. Il paraissait épuisé et contemplait ses mains larges comme des battoirs au creux desquelles paraissaient de larges traces sanglantes.

Je me souvins alors qu'il avait passé une bonne partie de la journée aux avirons pour faire manœuvrer l'énorme vaisseau dans le port.

Je m'approchai de lui :

– C'est un gros bateau hein, p'a.

– Oui mon garçon, un gros, un lourd bateau !

– J'en avais jamais vu de si gros !

– Moi non plus, mon gars.

– Même quand tu étais « à bord de l'État * » ?

* À bord de l'État : un marin embarqué sur un vaisseau du roi, donc un navire de l'État, dit qu'il navigue « à bord de l'État ».

– Même pas à Brest. Peut-être que j'en ai vu d'aussi grands, mais de plus grands, je crois que ça n'existe pas.

Il y eut un silence. Mes yeux s'arrêtèrent sur les mains de mon père :

– Tu as mal aux mains ?

– Un peu... Les avirons... On a souqué dessus, crois-moi ! Mais au moins ça nous aura fait gagner quelques sous. Puisqu'on ne peut plus aller pêcher la sardine...

En disant ça, mon père avait un ton désabusé que je ne lui connaissais pas.

– Mais on retournera ! Dès que le temps sera redevenu maniable...

– Et les Anglais, crois-tu qu'ils seront maniables, comme tu dis ? Ah, c'est un grand malheur que ce vaisseau soit venu se réfugier sous nos murs !

Je protestai :

– Je ne crois pas. J'ai entendu le maire dire que tous ces soldats allaient amener de l'argent au pays.

Mon père haussa les épaules et dit d'un ton amer :

– De l'argent, il y en aura bien sûr. Les cabaretiers, les paysans, ceux qui font commerce vont en profiter pour augmenter leurs prix. Mais pour nous, les marins, qu'est-ce qu'il y aura ? Des Sauzons à tourner dans la baie, si bien que nous ne pourrons plus travailler. On ne gagne rien depuis le début de l'été. Votre mère a pu acheter du pain aujourd'hui parce que j'ai eu trois sous en m'échinant à traîner cette foutue baille. Mais demain...

Ma mère, qui avait suivi la conversation du bout de la table, vint prendre la marmite dans l'âtre :

– Demain est un autre jour. Dieu y pourvoira... À la soupe !

Nous nous assîmes sur les bancs et la mère versa à chacun sa part de « ragoût birinik », une préparation qu'elle faisait avec des pommes de terre, des oignons et ces coquillages à tort méprisés des gourmets que l'on décolle des rochers avec la lame d'un couteau à marée basse et que les savants appellent « patelle ».

Après qu'on eut remercié Dieu pour ce repas qu'il nous accordait, chacun reçut une tranche de pain et l'on n'entendit plus autour de la table que le raclement des cuillers dans les écuelles, ponctué de grognements de satisfaction.

Puis la mère coucha les quatre petits sous la même couette après qu'ils eurent récité le Notre Père et Je vous salue Marie, et elle suspendit au coin de la cheminée le « Creuzel », ainsi l'appelait-on, cette lampe faite d'un bol d'argile dans lequel on verse de l'huile de poisson, au cœur de sureau séché faisant office de mèche. Le père, avec un tison de lande, alluma la mèche et une lumière rougeâtre agrémentée d'une épaisse fumée noire éclaira la pièce.

Comme chaque soir, ma mère se mit à ramender les filets endommagés par les marsouins tandis que je remplissais les navettes de fil. Mon père, pendant ce temps, vérifiait les carrés de liège sur la ligne haute et fixait des galets sur la ligne basse.

Il avait à la bouche sa courte pipe noire pour laquelle, depuis belle lurette, il n'avait plus de tabac, et il racontait ses campagnes dans la marine du roi, la grande ville de Brest, l'arsenal et son fourmillement de bateaux de tous tonnages...

Puis il s'arrêtait, rêveur, les yeux fixés dans le vague, souriant à sa jeunesse. Alors ma mère prenait le relais, nous disant les légendes que lui racontait sa grand-mère autrefois à la ferme à Beuzec Conq. Celle du roi March, qui avait des oreilles de cheval, celle de la ville d'Ys, engloutie au fond de la baie de Douarnenez où des pêcheurs de Concarneau dignes de foi avaient entendu sonner des cloches sous la mer... Parfois elle chantonnait à voix basse des *gwerz* * du vieux temps, d'une époque où les princes épousaient les bergères et où les fées, d'un seul coup de baguette magique, changeaient les méchants en pourceaux.

Le calme de la nuit n'était troublé que par des bandes de soldats ivres qui regagnaient le Vétéran, chantant ou jurant abominablement quand, butant dans les pavés disjoints de la ville close, ils perdaient leur précaire équilibre.

* *Gwerz* : (breton) chanson, ballade en vers.

Chaque fois ma mère se signait et priait Dieu de pardonner à ces mécréants.

Quand l'horloge de la vieille église de Saint-Gwenolé sonnait les douze coups de minuit de son timbre fêlé, ma mère redressait ses épaules lasses.

– À chaque jour suffit sa peine, disait-elle.

Mon père étouffait la lampe de sureau et la pièce n'était plus éclairée que par la lueur rougeoyante des dernières braises de l'âtre. Soigneusement il les recouvrait alors de cendre afin que le lendemain à l'aube il n'y ait plus qu'à mettre quelques brindilles sèches pour ranimer la flamme.

La prière dite, mon frère Jean et moi nous nous glissions dans le grand coffre de bois blanc garni de balle d'avoine qui nous servait de lit. On devinait encore les silhouettes en chemise blanche du père et de la mère qui entraient dans le lit clos, le claquement sec de la porte qui se fermait, les craquements du matelas de varech, et la maison sombrait dans le sommeil.

Combien de fois ai-je songé avec nostalgie à ces soirées dans notre logis. Pauvres, oui nous l'étions, mais pas misérables. Si durs que fussent les temps, nous ne sommes jamais allés au lit le ventre tordu par la faim comme trop de nos camarades. Ma mère avait toujours de la famille dans la ferme de Beuzec Conq. Des braves gens qui ne manquaient jamais de lui donner un sac de pommes de terre quand les temps étaient trop durs et à qui, en retour de politesse, mon père faisait tenir un manestran * de sardines quand la pêche était bonne.

À cette époque, les émigrés qui commençaient à revenir au pays chantaient une jolie chanson de M. de Chateaubriand, je crois :

« Combien j'ai douce souvenance,
du joli lieu de ma naissance... »

Eh bien, moi aussi j'ai douce souvenance du joli lieu de ma naissance, même s'il n'est pas, au sens propre du mot, aussi joli que celui de ces messieurs des châteaux. Mon château à moi, c'est la ville close tout entière. En connaissez-vous beaucoup qui puissent se prévaloir d'une telle demeure ?

* Manestran : panier servant à transporter la sardine.

La batterie du Fer à Cheval

Zaccharie avait vu juste, les Anglais avaient entrepris le siège de Concarneau. Ce n'était pas un siège, au sens où on l'entend habituellement car leur armée ne cernait pas les murs de la ville close, mais plutôt un blocus par la mer. Tous les habitants n'en souffraient pas également, certains y trouvaient même avantage. L'aubergiste Ignace Lorentz, un Alsacien conduit à Concarneau par les hasards de la guerre révolutionnaire, avait opportunément rebaptisé sa grande auberge Hôtel de l'Aigle impérial. Il avait eu l'honneur d'y recevoir le prince Jérôme pour ses quelques nuits concarnoises.

De plus, autre avantage et non des moindres, ses cuisines servaient les repas à bord du *Vétéran* où l'état-major faisait bonne chère. Les bouchers, les taverniers, même les paysans des environs qui venaient à Concarneau vendre leurs légumes, leurs volailles, leurs œufs, trouvaient également grand avantage à cette situation.

Tous louaient leur héros, le matelot Furic, qui avait conduit cette manne dans leurs murs.

Ironie du sort, les seuls à qui Furic avait fait – bien sûr sans le vouloir – du tort étaient les pêcheurs, ses anciens compagnons, et parmi eux les vieux patrons avec lesquels il avait fait campagne, qui lui avaient appris les amers, les roches et les passes de la baie, tout ce savoir accumulé par des générations de matelots souvent au péril de leur vie.

Car désormais cette baie était devenue un piège, une nasse de laquelle aucun bateau ne pouvait plus entrer ni sortir sans le bon vouloir des Sauzons. Et, vexés d'avoir vu une proie de choix leur échapper, Dieu sait s'ils en étaient avares de bon vouloir. Leur escadre s'était établie dans les îles. Par temps clair, du haut de la batterie du Fer à Cheval, on pouvait voir la haute mâture d'un vaisseau de ligne dépasser derrière Penfret.

On savait, grâce à deux matelots étrangers qui avaient déserté en allant à la corvée d'eau, un Espagnol et un Portugais, que ce vaisseau était le Gibraltar, un vaisseau de quatre-vingts canons commandé par le captain Lake, qui avait en outre sous ses ordres deux frégates de quarante canons, la Pénélope et la Tribune, plus une corvette. Ces deux matelots avaient confirmé que les Anglais semblaient s'installer sur l'île pour longtemps. En effet, ils y avaient établi un camp de toile pour que leurs matelots s'y reposent et, comble d'impudence, comme s'ils avaient annexé définitivement ce territoire, ils labouraient la terre pour y cultiver des légumes !

Il n'était donc pas question pour nos pêcheurs d'aller au large chercher la sardine, et comme ce poisson capricieux ne semblait pas vouloir entrer dans la baie, les pêcheurs tournaient en rond sur les quais dans un dramatique désœuvrement.

Ma mère avait trouvé un emploi aux cuisines de l'Aigle impérial où elle épluchait les légumes, préparait viandes, volailles et poissons, et faisait la vaisselle.

Mon père en était mortifié, mais c'était la seule façon de faire entrer quelques sous dans la maison. En plus, et je le dis sans honte, M. Lorentz lui permettait d'emporter les restes de ces messieurs « pour les bêtes ». Le brave homme faisait mine d'être dupe, mais il savait bien qu'il y avait à la maison six bouches bien endentées à nourrir et que les bêtes ne verraient pas grand-chose de ces rogatons après que ces six bouches-là leur auraient dit deux mots.

Pendant que notre mère s'échinait, mon frère Jean et moi, les deux aînés, avions pour mission de nous occuper des petits.

Jean avait dix ans, un an de moins que moi, et Jeanne-Marie marchait sur ses neuf ans.

C'était déjà une petite femme qu'aucune tâche ne rebutait. Elle savait changer les tout-petits quand la nécessité s'en faisait sentir, leur donnait leur bouillie en temps voulu et veillait sur eux comme une mère.

Mon frère Jean était d'une tout autre nature que moi. Doux, rêveur, lymphatique, il passait des journées entières à tailler au couteau des petites barques de pêche dans des lièges de filet. Il mettait à ces travaux tant d'adresse, tant de minutie, pour ne pas dire tant d'art, que nos petits camarades se pâmaient d'admiration. Quelques vieux papiers et un crayon faisaient son ravissement. Il dessinait les murailles de la ville close, les bateaux rentrant de la pêche, les femmes pressant la sardine et mille scènes de la vie quotidienne avec un talent et un réalisme qui forçaient l'admiration. Le recteur Quélennec, qui lui faisait catéchisme, lui prédisait un grand avenir d'artiste peintre et il n'aurait pas détesté le voir entrer au séminaire. Il y poussait secrètement ma mère, mais mon père, bien que catholique pratiquant, restait très réservé sur ce projet.

Ma mère savait dire, quand je rentrais trempé d'une quelconque expédition dans les rochers du cap Bellou ou en loques d'une bataille qui nous avait opposé aux vachics du passage Lanriec :

– Celui-ci me fera mourir ! Mauvais sujet, toujours à faire le mal. Quand est-ce que vous prendrez exemple sur votre frère ? Quand est-ce que vous saurez rester sage à la maison ?

Le discours était ponctué de vigoureux coups de torchon, et cet instrument, je vous l'ai dit, valait bien sur le chapitre de l'efficacité le martinet aux lanières de cuir dont on se servait pour le même usage dans les maisons bourgeoises.

Pauvre mère qui s'évertuait en vain ! Poule, elle avait couvé un canard, et les canards, quoi qu'on fasse, vont toujours vers l'eau.

Faute de pouvoir sortir en mer, mon père avait tiré le Sainte-Anne sur la grève dans l'anse du Lin, derrière la ville close et, avec son équipage, vaquait sans conviction à des travaux d'entretien qu'on réservait d'ordinaire aux mortes saisons. Espalmer * son bateau en septembre, avait-on jamais vu ça ? Pour meubler leur désœuvrement, d'autres patrons avaient pris le parti d'en faire autant et autour d'une centaine de barques béquillées sur le haut de la grève, un peuple de matelots s'affairait autour des feux de lande qui brûlaient sous les marmites de goudron. Une âcre odeur de fumée et de coaltar flottait dans les ruelles de la ville close. Mais au quai Péneroff on n'entendait plus le chant des ouvrières sortant des ateliers de pressage des sardines. Il n'y avait plus une écaille en saumure. Les ruelles ne résonnaient plus des coups de

* Espalmer : laver la carène d'un bâtiment depuis la quille jusqu'à la ligne de l'eau et l'enduire de peinture ou de coaltar.

maillet des tonneliers et ce silence inhabituel ne présageait rien de bon.

La conjonction de ces circonstances faisait que j'étais tout au long de la journée libre de vaquer à mes occupations dans l'insouciance de mes douze ans, et bien sûr ces occupations me ramenaient toujours au même endroit, à la tour au Chien, à la batterie du Fer à Cheval ou encore, en traversant l'eau, au passage Lanriec, en un mot en ces lieux d'où on pouvait voir le Vétéran sous toutes ses coutures.

Zaccharie, depuis les recommandations du commandant Le Bozec, ne quittait plus son banc de pierre. Il recevait les visites de ses agents de renseignement, les mousses qui étaient présents lors de sa rencontre avec le commandant. Parfois d'autres vieux venaient s'asseoir près de lui, mais tout en lançant de temps en temps son mot dans la conversation, il gardait comme il disait « l'œil au bossoir * ».

Tous les jours, le capitaine lui-même venait aux nouvelles, sous couvert de scruter l'horizon du haut de la batterie.

Nous savions qu'il avait reçu des ordres du ministère pour faire appareiller sitôt que possible le Vétéran à destination de Lorient. Vue de Paris, la chose pouvait paraître aisée. De Concarneau, l'optique était toute différente. Les Sauzons ne desserraient pas l'étreinte. Les grands mâts du Gibraltar apparaissaient toujours der-

* Garder l'œil au bossoir : surveiller attentivement.

rière Penfret, donnant l'illusion de la côte, que l'île, soudainement transformée en bateau, était prête à mettre à la voile. Des frégates allaient et venaient, portant toute leur toile ; une corvette et un brick vinrent même jusqu'au milieu de la baie nous regarder sous le nez.

De la batterie du cap Bellou, Louis Bargain leur expédia quelques boulets, mais les Sauzons avaient bien eu soin de se tenir hors de portée de ces pièces de vingt-deux pouces, et les projectiles tombèrent à la mer sans dommage, en soulevant des gerbes d'eau du plus bel effet.

Après cette canonnade, un beau nuage de fumée blanche flotta quelques instants sur la lande ; au bruit des détonations, les goélands s'envolèrent dans un grand concours de protestations et, les bateaux anglais ayant fait demi-tour vers le large, le calme revint sur la côte.

Alerté par le bruit, le commandant, qui avait établi son quartier général sur le Vétéran, escalada rapidement la butte, à temps pour voir les vaisseaux anglais doubler paisiblement la pointe de Beg-Meil.

Serrant les poings, blême de colère, le vieux commandant aux soixante-seize prises de guerre avait du mal à digérer l'affront.

– Ça, dit-il les dents serrées à ses officiers, sommes-nous encore en France, messieurs que ces maudits Sauzons viennent nous narguer sous nos murs ?

Et se plantant devant Zaccharie :

– Eh bien, matelot, que dit-on de la situation ?

– Mon commandant, dit Zaccharie, on dit que c'est une grande misère. Tous ces braves marins n'ont pas mis leurs filets à l'eau depuis tantôt un mois. L'hiver approche, de quoi vivront-ils pendant les *miz du* * ?

– Parbleu, je le sais bien que l'hiver sera rude, grommela Le Bozec. Je sais bien aussi que si nous pouvions regagner Lorient comme il était prévu, les Anglais iraient voir ailleurs si j'y suis, mais qu'y puis-je ? Le navire est à demi désarmé, l'équinoxe approche et je vais devoir prendre des dispositions qui ne favoriseront pas un départ rapide. Ah, veille au grain, matelot, veille au grain, le temps se couvre !

Sur cette phrase pessimiste, la mine sombre, il tourna les talons, et redescendit à grandes enjambées vers son navire.

À bord du Vétéran régnait une intense activité. Le mât d'artimon transformé en mât de charge, on halait au cabestan l'énorme gouvernail du vaisseau et l'arrière du navire était maintenant entouré d'un chapelet de futailles vides destinées à en relever encore le tirant d'eau. La marée d'équinoxe allait vider le chenal, et il ne convenait pas que le bateau talonne.

Deux matelots en tenue de parade, armés de mousquets portant baïonnette, gardaient l'échelle de coupée du vaisseau et il fallait montrer patte blanche pour monter à bord.

* *Miz du :* (breton) les mois noirs (novembre et décembre).

Enfin, de la batterie du Fer à Cheval à la tour au Chien, d'autres sentinelles faisaient aussi les cent pas. La nuit, elles étaient munies d'une lanterne et lorsqu'elles se croisaient, elles échangeaient un mot de passe, sorte d'aboi rauque qui faisait maintenant, au même titre que le cri aigre des goélands, partie des bruits habituels de la cité.

Quand nous étions las d'aller et venir autour du grand bateau, nous passions de l'autre côté, sur le quai Pénéroff où régnait à toute heure une animation inhabituelle. À l'activité du travail avait succédé l'animation des cabarets. Car les cabarets du port ne désemplissaient pas de matelots, de sous-officiers venus faire tinter sur les comptoirs leurs pistoles en faisant les farauds devant les filles d'auberge.

Si les matelots concarnois ne voyaient pas d'un très bon œil ces fringants coquelets venir picorer dans leur basse-cour, les poulettes du pays, charmées par le ramage et le plumage des nouveaux venus, répondaient plutôt favorablement à leurs invites.

Il faut dire qu'outre leur bel uniforme les marins de l'empereur avaient l'avantage de percevoir une solde régulière et, il faut bien l'avouer, plus de « manières » que les frustes pêcheurs de sardines.

Cela créait des tensions entre les deux communautés et, le cidre et le tafia aidant, de sévères bagarres qui voyaient parfois les couteaux sortir des poches éclataient régulièrement. En général la patrouille de police du bateau intervenait, séparait les belligérants et emmenait le militaire panser ses blessures aux fers tandis que le matelot sanguinolent était ramassé par ses camarades.

Quand le Vétéran était arrivé à Concarneau, la ville proprement dite comptait environ quinze cents habitants, moitié en la ville close, moitié au faubourg Pénéroff. L'arrivée du Vétéran porteur de sept cent cinquante hommes avait bouleversé les habitudes de ce paisible bourg. Depuis tout le département, les femmes de mauvaise vie s'étaient mises à affluer.

Ma mère les appelait « les catins » avec tant de mépris que, bien que je ne connusse pas encore le sens de ce mot, je pressentais qu'il devait désigner quelque chose d'assez abominable.

Je le sus plus tard, ces femmes venues d'ailleurs n'étaient pas toutes des dames de petite vertu. Il y avait parmi elles des veuves, des laissées-pour-compte venues des villages des environs voir si, parmi tous ces hommes, il ne leur serait pas possible de trouver « chaussure à leur pied ».

Ces façons de faire ne pouvaient que choquer dans une population habituée à se plier sans manière aux oukases de la religion.

Ces oukases, Jeanne-Josèphe Grivilliot n'en avait que faire puisqu'elle avait divorcé « pour incompatibilité d'humeur et de caractère » de son époux, un lieutenant d'artillerie pour le remplacer illico par le commandant de la garnison embarquée sur le vaisseau impérial, Jean-Martin Rensou.

Elle allait donc épouser son cher commandant, mais sans passer par l'église. Un mariage civil à Concarneau ! Décidément, ce Vétéran, le recteur Quélennec ne se privait pas de le clamer du haut de sa chaire, ce Vétéran portait le diable dans ses bagages !

La lettre dans le mur

Je voyais quotidiennement le commandant Le Bozec, et de jour en jour sa mine s'assombrissait. Il n'aimait pas voir ce grand vaisseau rendu à l'état de ponton dans l'arrière-port de Concarneau. Ce magnifique navire avait été construit pour courir les mers et infliger à l'ennemi de cuisantes défaites. Or, pour le moment, le Vétéran n'était plus en position d'assurer la mission qui lui avait été dévolue. De surcroît, il mobilisait pour sa surveillance de braves matelots qui auraient été plus utiles ailleurs.

Pour les Anglais qui menaient le blocus, et paraissaient donc tenir le couteau par le manche, la partie n'était pourtant guère plus avantageuse. Certes, ils tenaient le vaisseau amiral, le neutralisaient, mais cela nécessitait la présence derrière les Glénan de quatre navires, dont le Gibraltar, qu'ils auraient peut-être pu eux aussi utiliser plus avantageusement ailleurs.

Pour le moment, dans cette affaire et contrairement aux apparences, l'empereur avait donc numériquement le dessus puisqu'un seul de ses navires mobilisait quatre navires ennemis.

L'intérêt des Anglais était donc clair : il leur fallait coûte que coûte détruire le Vétéran. Cette situation ne pouvait s'éterniser. On disait qu'à l'amirauté à Londres le chef de la flotte de la Manche, l'amiral comte Saint-Vincent, donnait des signes d'impatience.

Le 24 septembre à l'aube, je fus réveillé en sursaut par une canonnade si violente que toute la maison en trembla. D'un bond je fus sur pied et je me ruai vers les remparts sans même écouter les recommandations de prudence de ma mère que ces grondements avaient mise dans tous ses états.

La batterie du Fer à Cheval était en proie à une intense activité. Entouré de fumée, la lunette à la main, le commandant Le Bozec dirigeait le tir des quatre pièces de trente-six. J'aurais voulu monter auprès des canons, mais un garde posté au pied de l'escalier fermait le passage. Je dus donc accéder aux remparts par l'escalier de la tour du Maure, plus loin de l'action.

Face à l'entrée du port, une corvette anglaise avait mis en panne et deux chaloupes détachées de son bord sondaient la passe. J'imaginais la fureur du capitaine devant cette provocation. Les boulets tombaient près de la corvette, mais jusqu'alors, aucun ne l'avait touchée.

Cependant, devant ce déchaînement d'artillerie, le capitaine anglais jugea prudent de rappeler ses canots qui ne se firent pas prier pour faire force rames vers la corvette.

En un rien de temps le rempart s'était couvert de curieux que le vacarme avait sortis de leurs lits. Les commentaires allaient bon train tandis que les matelots anglais ayant rejoint leur bord embarquaient, escaladant avec agilité les flancs du gros navire et que la corvette, sans souci de mettre les embarcations au bossoir ni même de répondre à la canonnade, empannait lentement pour prendre le vent, ses canots en remorque.

Allaient-ils s'échapper ? Pourraient-ils donc toujours nous narguer impunément ?

Un murmure d'impuissance parcourut la foule, murmure qui se transforma en rugissement de fureur quand ces insolents se mirent à nous railler par des gestes obscènes.

Un boulet qui pulvérisa leur second canot en remorque les ramena à plus de prudence, les têtes se courbèrent derrière le plat-bord, tandis qu'un hurlement de victoire roulait sur le rempart.

À notre tour, nous leur fîmes des gestes peu amènes. Un deuxième boulet alla au but, pulvérisant la rambarde du tillac et projetant quelques hommes à la mer. Sur tout le rempart des poings se tendirent et une immense clameur monta au ciel.

Les canonniers du capitaine Eloph Laurent avaient trouvé la distance, mais poussée par une bonne brise, la corvette n'était déjà plus à portée de tir.

Il resta une grande foule sur les remparts jusqu'à ce que ses voiles aient disparu derrière les îles. Alors chacun retourna à ses occupations et je pus enfin monter à la batterie du Fer à Cheval.

Sur la plate-forme on respirait l'odeur grisante de la poudre. Les hommes du capitaine Laurent passaient dans les tubes des canons d'énormes écouvillons pour les nettoyer, puis les rechargeaient afin d'être prêts à toute éventualité. Des matelots de corvée amenaient à poste des boulets pour remplacer ceux qui avaient été tirés et les rangeaient soigneusement comme des pyramides de grosses billes. Haut dans le ciel flottait le drapeau tricolore, plus haut encore des goélands planaient entre le gris et le bleu du ciel. Je me sentis soudain tout exalté, et, du haut de mes douze ans, l'âme belliqueuse pour aller en découdre avec ces maudits Sauzons.

– Alors, fiston, ça sent bon ? (À son tour Zacharie avait escaladé le rempart.) Ça sent la poudre, ça sent la guerre, ça sent la mort, dit-il en s'asseyant. Ça sent ma jeunesse ! Ah, mon fieu, ce que je donnerais pour avoir ton âge !

Pourtant, que de misères a-t-on dans cette chienne de vie ! Cependant, on l'aime ! Ah, l'homme est un animal sans logique. Ainsi, moi que tu vois tout perclus, sans jambe, sans force, moi qui ai mille misères pour hisser ma pauvre carcasse en haut de cet escalier, je ne suis pourtant pas pressé de mourir. Ça tient à quoi la vie d'un homme ? Il a suffit que le capitaine Laurent déplace son anspect * de quelques millimètres pour que là-bas de pauvres matelots passent de vie à trépas !

Je m'insurgeais :

– Ce ne sont que des Sauzons, Zaccharie, de méchants Sauzons !

Zaccharie semblait ce matin voué à l'indulgence :

– Ce sont des hommes mon fieu, de pauvres hommes, Dieu ait pitié de leur âme !

Je ne me rendais pas pour autant :

– Ils l'ont bien cherché ! Qu'avaient-ils à venir nous narguer jusque devant la roche plate dans leurs canots ?

– Crois-tu qu'ils y soient venus de bon cœur ? Ces hommes sont nos frères. Nous sommes des pêcheurs de sardines, eux des pêcheurs de harengs. Leurs officiers leur ont donné des ordres. Si tu sers sur les vaisseaux de l'empereur, tu sauras qu'un ordre s'exécute mais ne se discute pas !

* Anspect : levier de bois à bout ferré destiné à pointer les canons.

– Voilà qui est parlé, matelot ! Et toi moussaillon, fais-en ton profit !

Le commandant Le Bozec avait surgi dans notre dos sans qu'on l'ait senti venir. Heureusement, il n'avait entendu que la dernière phrase de Zaccharie, sans quoi le vieux aurait baissé dans son estime.

– Joli coup de canon, mon commandant, dit Zaccharie.

– Si on veut, reprit le commandant en se rembrunissant, ça n'a pas empêché ces maudits chiens de venir sonder la passe. Leur impudence dépasse les bornes. Je me demande ce que tout cela cache.

– C'est tout simple, répondit Zaccharie, la situation ne leur plaît pas. Ce vaisseau au fond du port les gêne autant que s'il était sur l'eau. Ils n'auront de cesse qu'ils ne l'aient réduit en cendres.

– Eh bien, à moi ça ne me plaît pas non plus. Être là sur la défensive à se méfier de tout le monde... Ah, un combat loyal, sur la mer, vaisseau contre vaissseau ! Ça c'est la guerre, c'est là que je voudrais les trouver ces maudits Sauzons ! Et montrant son poing au large, en direction des îles, il cria : Captain Lake, je te défie toi et ton Gilbratar ! Un jour je te trouverai sur l'eau, et il n'y aura pas de quartier !

Ce n'étaient que vaines paroles que la brise emportait, mais le commandant avait tant de rancœur contre ces Anglais qui le contenaient dans un rôle défensif lui déplaisant que ça lui débarrassait l'âme de jeter cette colère aux vents.

Bien sûr, vaisseau contre vaisseau les Anglais n'auraient pas pesé lourd contre ce prestigieux officier qui connaissait sa côte bretonne comme personne, mais pour le moment il n'était pas question d'un tel combat. Si le Vétéran sortait, il se heurterait à au moins quatre vaisseaux ennemis. Le plus illustre, le plus avisé des capitaines ne se sortirait pas indemne d'un tel traquenard.

Au matin du 12 octobre, j'étais de nouveau à la batterie du Fer à Cheval en compagnie de Zaccharie. Depuis l'épisode du boulet qui avait endommagé leur corvette, les Sauzons ne s'étaient pas aventurés dans la baie. Il régnait dans la ville close un calme de mauvais aloi, un calme factice qui cachait une tension des gens et des choses, comme si les pauvres habitants avaient senti planer sur leur tête une menace diffuse qu'ils ne pouvaient préciser.

Au quai Pénéroff les bagarres entre marins et pêcheurs se multipliaient. Les nombreux mariages entre les filles du pays et les militaires n'y étaient pas pour rien. Ces vaillants pêcheurs et ces vaillants matelots, poussés par l'oisiveté, qui est, comme aimait à le rappeler le recteur Quélennec, la mère de tous les vices, dépensaient dans ces rixes le trop-plein d'énergie qu'ils ne consacraient plus qui au travail, qui au service de l'empereur.

Ce 12 octobre donc, nous échangions de menus propos quand deux mousses escaladèrent l'escalier à toute vitesse. Il s'agissait d'Alain Picollec et de Jean-Pierre Berrou, garçons d'à peu près mon âge, avec lesquels j'avais fait plusieurs « campagnes » contre les vachics du passage Lanriec.

Ils étaient dans un état d'excitation extraordinaire :

– Regarde, Zaccharie, ce qu'on a trouvé !

Ils se battaient presque pour savoir qui tendrait au vieux un morceau de papier plié en quatre.

– Du calme, dit le vieux. Vous serez plus avancés quand vous l'aurez déchiré ! Donnez-moi ça !

Le vieux déplia la feuille et l'examina. Elle était couverte d'une écriture large et épaisse.

– Y a-t-il ici quelqu'un qui sache lire ? demanda-t-il.

Hélas ! nous étions quatre et aucun d'entre nous n'avait pris le temps d'apprendre l'alphabet. Qui d'ailleurs nous l'aurait enseigné ?

– Bon, dit le vieux, dans ce cas, je sais ce qu'il me reste à faire.

Il se leva.

– Où allons-nous Zaccharie ? demandais-je.

– Je vais voir le commandant Le Bozec. Voilà quelque chose qui l'intéressera, j'y mets ma tête à couper.

– On va avec toi, nous écriâmes-nous en chœur.

Il protesta :

– Non ! Le commandant a dit Zaccharie, et Zaccharie seulement !

– Nous on y va, dirent fermement Alain Picollec et Jean-Pierre Berrou. C'est nous qui avons trouvé le papier.

– C'est juste, dit le vieux, il faut aussi me montrer l'endroit exact où vous l'avez trouvé. Venez !

Mon visage dut alors prendre un tel air de déception que Zaccharie eut pitié de moi :

– Allez, viens aussi, Josic !

Inutile de vous dire que je ne me fis pas prier. Alain et Jean-Pierre nous firent voir où ils avaient trouvé le papier : derrière une pierre qui dépassait de la muraille et que Berrou avait saisie au hasard pour la jeter sur un rat. À sa grande surprise, Picollec avait vu la feuille tomber à ses pieds, il l'avait ramassée et aussitôt portée au vieux.

– Personne ne vous a vus ? demanda Zaccharie.

Ils affirmèrent qu'à ce moment le lieu était désert, mais comment savoir... Il y avait tant de monde dans la ville close.

– Bon, dit le vieux, marchons.

Nous traversâmes le rempart par un boyau étroit, humide et sombre qui traversait la tour au Chien et arrivâmes au pied de l'échelle de coupée gardée par deux sentinelles en tenue.

– On ne passe pas ! dit une des sentinelles.

Ensemble ils poussèrent leurs mousquets, faisant avec leurs armes qui portaient baïonnette au canon une sorte de grand X qui barrait la passerelle.

– Message urgent pour le commandant Le Bozec, dit Zaccharie.

– Qui le demande ? fit la sentinelle sans bouger d'un pouce.

– Zaccharie.

– Zaccharie ? Zaccharie comment ?

– Dites-lui que c'est le vieux qui s'assoit à la batterie du Fer à Cheval et qui a une jambe de bois.

– Je vais voir, dit la sentinelle laconique.

Et, faisant demi-tour, elle laissa son camarade garder le passage et disparut en faisant sonner les talons de ses bottes sur le pont.

Après quelques minutes d'attente, un sous-officier au visage méfiant fit son apparition. C'était un homme de belle taille et de fière allure, plein de morgue et d'arrogance qui nous toisa de tout son haut, une main sur la hanche, l'autre sur la poignée de son sabre, comme s'il eût tenu la pose pour le statuaire.

Il demanda brutalement à Zaccharie :

– Est-ce toi qui demandes le commandant ?

Sa voix contenait tout le mépris du monde.

– Oui, mon Officier ! dit Zaccharie haut et clair.

– Et pourquoi veux-tu voir le commandant Le Bozec ?

– Sauf vot' respect mon Officier, je le lui dirai à lui-même dès que je le verrai, dit Zaccharie.

Des matelots qui roulaient des câbles sur le pont et d'autres qui travaillaient dans la mâture interrompirent leur activité pour suivre la conversation. La réponse du vieux leur arracha quelques rires vite étouffés.

La bouche du militaire se pinça. Il ne devait pas avoir l'habitude qu'on lui résiste, surtout devant ses hommes. Il faillit exploser mais un réflexe de prudence le retint. Néanmoins, il aboya à l'intention des matelots :

– Au travail tas de feignants ! Le premier que je vois lever la tête, je le couche sur la peau de bouc * !

La menace fit son effet et les hommes se courbèrent sur leur ouvrage. Satisfait d'avoir montré son autorité, l'officier reprit à l'adresse de Zaccharie :

– Sais-tu bonhomme qu'on ne dérange pas un commandant comme ça, pour rien !

– Pour avoir servi avant vous, mon Officier, dit Zaccharie calmement, je le sais bien. Mais rassurez-vous, je ne le demande pas en vain.

– Ah ah, ricana le sous-officier. Il paraît que la chose est d'importance !

– Je le crois, monsieur l'Officier.

– Voyez-vous ça, persifla le sous-officier en regardant Zaccharie d'un œil cruel.

* La peau de bouc : le registre des punitions.

Le vieux ne se laissa pas impressionner :

– Importante et urgente, ajouta-t-il.

– Importante et urgente, répéta l'autre en secouant la tête ironiquement, mais sans pour autant nous inviter à monter à bord.

– Ce qui veut dire, ajouta Zaccharie toujours calme, qu'elle ne souffre pas de délai, et que le commandant Le Bozec l'attend avec impatience, si mon Officier voit ce que je veux dire !

Devant la menace latente, le sous-officier crispa ses poings et dit comme à regret :

– Je vais voir, bonhomme, mais gare à toi si tu m'as dérangé pour rien !

– Vous n'aurez pas de peine à me rattraper, monsieur l'Officier, je suis vieux et j'ai une jambe de bois.

Et comme l'autre s'éloignait :

– Dites bien au commandant Le Bozec que j'ai une jambe de bois !

Le sous-officier haussa les épaules furieusement.

– Quel gueule de vent d'bout * ! dit le vieux. Du diable, il est au moins capitaine d'armes ** celui-là !

La sentinelle toujours au garde-à-vous siffla entre ses dents :

* Gueule de vent debout, gueule de tangon : face déplaisante, antipathique.

** Capitaine d'armes : à bord d'un vaisseau, l'officier chargé de la discipline, personnage mal aimé, également surnommé le « bidel ».

– Juste l'ancien. Une sale peau d'vache ! La Garcette qu'on le surnomme. Fais gaffe à lui !

Une voix tomba du tillac, sèche et autoritaire :

– Belle-Île, amène le vieux chez le commandant.

Et comme nous faisions mine d'emboîter le pas à Zaccharie, il cria encore plus sèchement :

– J'ai dit le vieux, pas la marmaille !

La deuxième sentinelle abaissa son fusil, nous coupant le passage. Je faillis en pleurer de dépit : le Vétéran était là, à deux pas, et nous ne pouvions pas monter à bord ! Jamais je n'avais connu pareille déconvenue.

Il nous fallut donc attendre au pied de l'échelle de coupée que Zaccharie revienne. La sentinelle qu'on appelait Belle-Île était revenue et, frère jumeau de l'autre qui se nommait, je le sus plus tard, La Clarté – pour raison qu'il était né du côté bigouden de la rivière Odet, à Combrit dans une ferme qui portait ce nom –, avait repris sa garde, impassible.

Soudain, comme nous regardions couler l'eau entre la coque du Vétéran et les rochers, une voix venue du bateau cria :

– Belle-Île, amène-moi donc les trois garçons qui sont venus avec monsieur Zaccharie.

À ces mots, nous avions reconnu la voix du commandant Le Bozec qui avait insisté comme à plaisir sur le « monsieur » ; nous escaladâmes l'échelle de coupée à toute allure.

Précédés par Belle-Île, nous passâmes devant La Garcette vert de rage et le commandant nous fit entrer dans sa cabine.

– Bienvenue à bord, moussaillons !

Le roi n'était pas notre cousin à Berrou, à Picollec et à moi-même. Ça allait un peu nous poser auprès de nos camarades quand ils sauraient que nous étions montés à bord du Vétéran et même que nous avions été reçus chez le commandant...

Le luxe de la cabine nous éblouit. Pauvres gamins et gamins pauvres, nous n'imaginions pas qu'il existait sur terre d'aussi jolies choses, d'aussi jolis meubles, d'aussi belles mappemondes, d'aussi beaux tapis, de lampes aussi finement ouvragées... Depuis j'ai beaucoup bourlingué, j'ai connu bien des navires, mais jamais sur aucun d'entre eux je n'ai trouvé ce luxe qui existait à bord du Vétéran. Il faut dire qu'avant d'avoir été celle du commandant cette cabine avait appartenu au prince Jérôme, propre frère de l'empereur, ce qui expliquait bien des choses.

Le Bozec s'amusa un instant de notre émerveillement, puis les affaires sérieuses reprenant le dessus, il s'assit à sa table et lissa du plat de la main le papier qu'il avait déplié, se pencha pour le relire et dit :

– Quelqu'un de vous a-t-il lu ceci ?

– C'est que nous ne savons pas lire, monsieur l'Officier, fis-je d'un ton contrit.

– Et vous ne l'avez fait voir à personne ?

Nous répondîmes en chœur :
– À personne, monsieur l'Officier.

Et Berrou ajouta d'une voix timide en roulant son grand béret dans ses mains :
– Il n'y a pas une heure qu'on l'a trouvé, monsieur l'Officier, et nous l'avons donné tout de suite à Zaccharie.
– Parfait, dit le commandant. (Il se releva et, le front soucieux, se mit à faire les cent pas dans la cabine, les mains derrière le dos.) Messieurs, dit-il enfin, ce qui se passe est grave, très grave ! Il y a sur ce bateau un ou des traîtres, des gens qui sont vendus à l'ennemi. Savez-vous ce que dit ce papier ? (Et comme nous ne pipions mot, il continua :) Il dit qu'un mystérieux personnage, mais sûrement quelqu'un qui a librement accès à ce navire, doit la nuit prochaine mettre le feu à la Sainte-Barbe. Savez-vous ce qu'il y a dans la Sainte-Barbe, messieurs ?
– De la poudre, dit Zaccharie.
– Exact. De la poudre. Beaucoup de poudre. Assez même pour faire des brindilles de ce bateau, de la chair à pâté de ses matelots, et en plus ravager la moitié de la ville close.

Nous nous regardâmes muets d'effroi.
– Mais, dis-je enfin, celui qui ferait cette folie serait tué dans l'explosion !
– Il est prévu dans cette lettre, dit le commandant d'un ton lugubre, qu'il devra s'évader par les amarres de bâbord, et, je cite, qu'il touchera aussitôt sa récompense. Ah messieurs, il

y a complot ! À qui se fier ? Je ne peux même pas montrer cette lettre à mon état-major. Ce sont des officiers que je ne connais pas, des officiers de cour (sa voix se teinta de mépris), des officiers de parade, des favoris du frère de l'empereur... Sans doute sont-ils loyaux, mais tout troupeau compte sa brebis galeuse. Comment l'identifier ?

– Il faudrait, dis-je, et je me surpris de mon audace, il faudrait remettre cette lettre-là où on l'a prise.

Le commandant s'arrêta net et me foudroya du regard :

– Tu voudrais, tonna-t-il, que je remette à ce criminel l'ordre de détruire mon bateau ? Aurais-tu perdu la raison ?

Je mis à la cape sous le grain, puis j'avançais timidement :

– Mon Commandant, personne ne nous a vus prendre cette lettre, personne ne sait qu'elle est en notre possession. Si vous voulez savoir à qui elle est destinée, il suffira de guetter l'endroit où elle était déposée pour voir qui viendra l'y retirer.

– Sacrebleu, s'exclama Le Bozec, il n'est pas bête ce garçon ! Ça c'est pensé !

Puis se ravisant il objecta :

– Mais, qui va surveiller la cachette ?

Sous le compliment je m'étais senti rougir, alors je m'enhardis :

– Si vous voulez bien mon Commandant, mes camarades et moi.

Le commandant continua de faire les cent pas, abîmé dans ses réflexions. Enfin il s'arrêta et dit en nous fixant, comme s'il voulait marquer l'importance de ce qui allait suivre :

– D'accord. Mais je vous préviens, ça peut être dangereux. Quelqu'un qui envisage de faire sauter un vaisseau et la moitié d'une ville n'hésitera pas à couper la gorge à qui oserait se mettre de biais dans ses desseins... Pensez-y, matelots !

À ces mots je vis Berrou pâlir et Picollec regarder autour de lui comme s'il sentait déjà le souffle rauque du meurtrier sur sa nuque.

– N'y aurait-il pas un autre moyen mon Commandant, demanda Zaccharie mal à l'aise, comme s'il se sentait responsable de ces périls que nous allions courir, un autre moyen qui ne mettrait pas la vie de ces garçons en danger ?

Lui aussi roulait son béret dans ses doigts, découvrant un crâne chauve et blafard.

– Je n'en vois pas. C'est justement ce à quoi je réfléchissais, mais je n'en vois pas d'autre. Pour que ce plan réussisse, il faut d'abord que le secret soit gardé, ensuite que la surveillance de la muraille soit invisible... Si je poste un homme de mon équipage, je ne suis pas sûr de sa discrétion car il aura toujours un camarade pour s'étonner de le voir sortir la nuit et lui demander des explications. Par ailleurs, il sera tellement visible que jamais le destinataire de ce billet ne viendra.

Le commandant, s'arrêtant brusquement de parler, courut à la porte et l'ouvrit brutalement. Le capitaine d'armes qui se tenait dans l'encadrement salua le commandant en pâlissant, avec le gauche empressement de quelqu'un pris au dépourvu.

– Qu'y a-t-il ? demanda le commandant d'un ton rogue.

– Je venais aux ordres, mon Commandant. Rapport au gouvernail qui a été enlevé. Où devons-nous l'entreposer ?

Le Bozec eut un mouvement d'impatience :

– Voyez ça avec le charpentier que diable ! C'est lui qui sait !

– Bien, mon Commandant.

La Garcette salua derechef et fit un demi-tour impeccable.

– Voilà pourquoi on me dérange. Pour des affaires de charpentier ! Bon, tenons-nous-en à ce qui a été dit. Garçons, remettez cette maudite lettre en place et veillez au grain. Je compte sur vous.

Nous ne savions pas encore saluer aussi bien que le capitaine d'armes, mais nous nous redressâmes comme un seul homme, fiers de la mission qui nous était dévolue :

– Bien, mon Commandant !

Préoccupé, il nous raccompagna jusqu'à l'échelle du tillac et il appela La Garcette d'une voix forte :

– Capitaine d'armes !

La Garcette ne devait pas rôder bien loin. Il accourut et, se figeant à six pas au garde-à-vous, ainsi qu'il est prescrit dans le règlement militaire :

– Mon Commandant ?

– Capitaine d'armes, dit Le Bozec, regardez bien ces garçons.

La Garcette nous scruta de ses yeux méchants.

– Saurez-vous les reconnaître ?

– Oui, mon Commandant.

– Si l'un de ces garçons, ou « monsieur » Zaccharie (à nouveau il insistait sur le monsieur), vient me demander, qu'on me l'amène immédiatement.

– Bien, mon Commandant.

– Et passez la consigne !

Puis Le Bozec se retourna vers nous :

– À bientôt, matelots !

Fiers comme des paons, nous descendîmes l'échelle de coupée, mais je sentais le regard cruel de La Garcette peser sur mes épaules. Je sentais, je ne sais pourquoi, que cet homme était foncièrement méchant et je n'aurais pas aimé me retrouver seul avec lui dans un coin noir.

Nous avions replacé la lettre dans son trou, la pierre par-dessus sans éveiller l'attention et nous étions assis sous les arbres au fond de la place d'armes.

– Maintenant, dit Zaccharie, il va falloir nous organiser. Comment allons-nous faire ?

– Je propose, dis-je, que Zaccharie reste là le temps que nous allions manger. On a l'habitude de le voir, personne ne s'en étonnera. Ensuite Alain, Jean-Pierre et moi, nous nous relaierons.

– Et si personne ne vient ? demanda Picollec.

– On viendra, dis-je, c'est sûr !

– Oui, mais si c'est la nuit ?

Je n'avais pas envisagé cette éventualité et pourtant il était probable que le destinataire attendrait la nuit pour venir retirer son courrier.

– Je ne peux pas sortir la nuit, dit Picollec, d'une voix mal assurée, je dors avec mon frère, il va rapporter.

– Moi non plus, dit Berrou. Le père ferme la porte à clef tous les soirs.

C'était bien possible, mais je soupçonnais surtout mes camarades d'avoir peur et je ne pouvais pas le leur reprocher puisque le commandant Le Bozec avait clairement indiqué qu'il pouvait y avoir dans cette mission péril de mort.

– Moi je viendrai, et je veillerai toute la nuit s'il le faut, dis-je d'une voix que je m'efforçais d'affermir.

– Tu peux donc sortir de chez toi ? demanda Zaccharie.

– J'en fais mon affaire, dis-je avec une assurance que j'étais loin de ressentir.

Berrou et Picollec me regardèrent avec un soulagement teinté de surprise et d'admiration. Depuis que le capitaine nous avait révélé les dangers auxquels nous serions exposés, leur zèle s'était fort attiédi. Je les connaissais bien pourtant ; dans une bataille contre les vachics, c'étaient de rudes compagnons. Les coups, qu'ils fussent de sabot ou de bâton, ne les avaient jamais fait reculer. Mais là on ne jouait plus le même jeu. On ne jouait plus entre nous, les adultes s'en mêlaient. Et de quelle façon ! Faire sauter un vaisseau de l'empereur, anéantir une ville, risquer de se faire égorger par un traître sans vergogne, non, c'en était trop !

Et puis, braves ils l'étaient dans la journée. Mais la nuit... L'affaire leur paraissait difficile, d'autant qu'il faudrait tromper la vigilance des parents.

Le père de Berrou, patron du sardinier L'Enfant-Jésus, était aussi large que haut. Il avait des mains tellement énormes qu'elles ne paraissaient pas faire partie de son corps. Et il n'hésitait pas à s'en servir pour talocher sa marmaille, le père Berrou. Les mousses qui avaient navigué avec lui le redoutaient justement.

Chez Picollec, la mère faisait la loi. Et pas à coups de torchon, elle usait pour mater ses garnements d'un *pen baz* * de houx dont les nodosités laissaient sur les fesses et les râbles de douloureuses marques bleuâtres.

Et, à dire le vrai, je crois que mes copains craignaient le coutelas du traître, mais bien plus encore la colère de leurs parents.

* *Pen baz* : (breton) gourdin.

Ainsi qu'il avait été convenu, nous laissâmes Zaccharie faire le premier quart, comme il disait et, sitôt le repas expédié, nous vînmes le rejoindre.

Ce mois d'octobre était plus beau que le mois d'août pourri que nous venions de vivre. Un chaud soleil éclairait la place d'armes et tous les après-midi les fusiliers marins faisaient de l'exercice sous les ordres de sous-officiers braillards, tantôt défilant au pas cadencé, tantôt faisant des voltes, des demi-tours, des arrêts impeccables, tantôt présentant les armes dans un ensemble impressionnant.

Ces exercices nous enchantaient toujours et il faut dire que c'était un beau spectacle propre à éblouir les enfants que tous ces matelots disciplinés, ces officiers et sous-officiers en tenue de parade, ces sonneries de cuivres, ces simulacres de combat à la baïonnette, parfois même ces exercices de tir.

Il était suivi par tous les désœuvrés de la ville close, jeunes et vieux, patrons et matelots dont les chaloupes dormaient sur la vase molle de l'anse du Lin.

Ainsi pouvions-nous surveiller notre mur sans crainte de nous faire repérer. Personne encore n'avait soulevé la pierre, seuls deux matelots s'y étaient arrêtés, mais c'était pour satisfaire un besoin naturel.

Au soir, la troupe regagna le navire au pas cadencé et les badauds, n'ayant plus de motif de rester là, rentrèrent chez eux. La place retrouva alors son calme. Picollec et Berrou rejoignirent eux aussi la maison familiale avec un empressement qui faisait ressembler leur départ à une fuite.

– Comment allons-nous faire ? demanda Zacharie à voix basse.

– Il faudrait que je rentre, dis-je sur le même ton. Quand tout le monde dormira je pourrai ressortir, mais si je ne rentre pas, ma mère va courir la ville close en m'appelant.

– Alors je vais rester, dit le vieux. Je t'attendrai, mais ne tarde pas.

– On se couche tôt maintenant dis-je. Mère commence de bonne heure le matin à l'auberge de l'Aigle impérial et le père n'a plus guère de filets à ramender puisqu'il n'a plus l'occasion de les déchirer. À neuf heures tout sera éteint. Quand tout le monde dormira, je ressortirai.

Je m'évanouis dans la pénombre, glissant sur le pavement inégal de ce que nous appelions pompeusement la grand-rue et qui traversait la ville close.

Bien entendu j'étais le dernier et tout le monde était déjà à table, ce qui me donna droit aux réprimandes de ma mère et à une rafale de coups de torchon tandis que mon père, pour une fois menaçant, levait haut une main terrible toute maculée de coaltar, que pour mon bonheur il ne rabaissa pas.

Je me fis tout petit et rognai avec délices les deux os de porc que l'on m'avait réservés avec des pommes de terre bouillies. Ma mère avait en guise de dessert fait cuire des pommes sous la cendre, un dessert dont nous étions friands. Puni pour mon retard, j'en fus privé. C'était égal. Que pesaient deux pommes cuites en regard de la mission dont j'étais investi ? Soucieux de me faire oublier, je me glissai sous ma couette en silence, sans pour autant réussir à éviter un ultime coup de torchon sur les fesses.

Bientôt le silence de la nuit ne fut plus troublé que par les ronflements de mon père et de drôles de petits cris de souris que poussait ma plus jeune sœur dans ses rêves.

– Ça a gueulé ? demandais-je à mon frère dans un souffle.

– Un peu ! dit mon frère sur le même ton. Tu as intérêt à faire gaffe, je n'ai jamais vu le père dans une telle colère.

Mon frère Jean désapprouvait ma façon irréfléchie de me jeter à corps perdu dans les aventures les plus extravagantes, tout en l'admirant secrètement. Peut-être aurait-il voulu être capable d'en faire autant. La sculpture de ses petits bateaux et ses dessins suffisaient à son bonheur. Mais contrairement au frère de Picollec qui tâchait de l'enfoncer chaque fois qu'il le pouvait, Jean était mon complice. Il cherchait toujours à cacher mes incartades, à m'éviter les foudres maternelles. En retour, quiconque osait s'attaquer à Jean et à ses bateaux avait affaire à moi.

Ce soir-là, je n'avais qu'une peur, c'était de m'endormir à mon tour. Aussi dès que je sentis mon frère basculer dans le sommeil, je me levai avec un grand luxe de précautions, enfilai mon pantalon et ma vareuse et, prenant mes sabots à la main, j'actionnai la clenche et sortis sans difficulté.

Le pavé était sec. J'allais sur mes chaussons silencieux comme un chat. Il y avait une marée de vive-eau et la lune éclairait les vieilles maisons, découpant sur la rue des ombres fantastiques propres à épouvanter un pauvre garçon comme moi qui n'avait pas l'habitude de sortir à ces heures indues.

Dans quelle galère m'étais-je embarqué ? Zaccharie n'avait pas bougé. Pétrifié sur son banc, il semblait, vu de loin, faire partie du paysage et manifesta une grande satisfaction en me voyant arriver.

– Je croyais que tu m'avais oublié, souffla-t-il.

– Pas pu dégager avant, m'excusais-je. Personne n'est venu ?

– Personne.

– J'ai bien envie d'aller dans le bosquet, là, dis-je. Je serais tout près du mur. D'ici on ne voit pas grand-chose.

– Fais comme tu veux mon garçon, mais surtout, prends bien garde à ne pas te faire repérer.

Le vieux s'évanouit dans la rue, tout engourdi d'être resté si longtemps immobile. Je me glissai dans le buisson que j'avais repéré et l'attente commença.

Un chien maigre et pelé vint me renifler craintivement en gémissant, tourna autour de moi puis s'en alla plus loin en quête d'une hypothétique pitance.

Des matelots rentrèrent, les moins éméchés portaient les autres ivres morts, en tirant des bords dans la rue étroite. Ils s'engouffrèrent dans l'étroit passage qui traversait les remparts sous la tour au Chien sans le moindre regard pour la pierre qui dépassait du mur.

Un autre matelot apparut au pied de la muraille, silhouette méfiante qui regarda longuement à l'entour comme pour s'assurer qu'il était bien seul.

« Voilà mon homme », me dis-je. Le matelot ne bougeait pas, seuls ses yeux scrutaient l'ombre avec une attention extrême.

Il me semblait que je n'étais plus un être de chair et de sang, mais une sorte de statue de pierre, statue vivante pourvue de deux yeux attentifs qui ne lâchaient pas leur objectif d'une seconde.

Enfin, persuadé qu'il n'y avait personne, l'homme s'avança, se cacha derrière un arbre et siffla. L'instant d'après j'entendis grincer une fenêtre dans le silence de la nuit ; l'inconnu escalada la clôture basse d'une petite maison et, montant sur un tonneau qui se trouvait là, disparut prestement par la fenêtre qui se referma aussitôt.

J'en fus abasourdi, c'était le logis d'Antoinette Monfort dont le mari était détenu sur les pontons anglais depuis tantôt six ans.

Il y eut une nouvelle longue période d'attente sans que personne ne passe. Le clocher de Saint-Gwenolé sonna lentement les douze coups de minuit. Deux chats s'affrontèrent avec des miaulements à vous glacer les sangs, une fenêtre s'ouvrit, une silhouette blanche parut, crachant des jurons à l'adresse des matous, puis à nouveau plus rien. Quelques galopades furtives sur les feuilles mortes, des couinements... Les rats étaient de sortie.

La lune était maintenant haute dans le ciel et elle illuminait la place d'armes d'une clarté blafarde. Je commençais à avoir froid, à m'engourdir, à avoir peur.

Que n'étais-je resté dans mon lit ! Assurément personne ne viendrait prendre ce billet. Je pensai avec envie à Picollec et à Berrou qui dormaient bien au chaud dans la plume tandis que je m'ankylosais sous la rosée d'automne quand un bruit de bottes résonna à l'extrémité de la rue.

L'attention de nouveau en éveil, je vis déboucher un officier, aisément reconnaissable à son habit bleu sombre, à ses culottes et bas rouges, mais je ne pus voir son visage que le tricorne laissait dans l'ombre.

Était-ce mon homme ? Non, il disparut sans hésiter dans le passage sous la muraille. Le découragement me saisit. Allais-je devoir tenir la garde toute la nuit ? Je me promis d'entendre sonner une heure et puis de rentrer. Mais si je rentrais, je manquais à la promesse que j'avais faite au commandant Le Bozec. Il comptait sur moi, ce que j'allais faire était comme une désertion en plein combat. Je n'en avais pas le droit ! La vie de centaines de matelots, la destruction du Vétéran, la ruine de la ville close dépendaient de moi, de moi tout seul. Je me sentis envahi par le désespoir, écrasé sous le poids de mes responsabilités, je n'avais que douze ans !

Toutes ces réflexions qui se bousculaient tumultueuses dans mon cerveau ne m'avaient pas fait quitter la muraille des yeux, heureusement, car le destinataire de la lettre était assurément un rusé gaillard. Il sortit sans un bruit du boyau qui traversait la muraille, alla droit à la pierre en scrutant l'obscurité, l'enleva et prit la lettre. Puis il remit la pierre en place.

Je n'avais toujours pas vu son visage et par manque de chance, un gros nuage couvrit la lune à ce moment-là, plongeant la place d'armes dans les ténèbres. Je n'aperçus plus alors qu'une vague silhouette toujours immobile. Qu'allait-il faire de son courrier ? Le ramener à bord du navire ? Le lire sur place ?

Il choisit la deuxième solution. Je l'entendis battre le briquet et une flamme ténue l'éclaira tout d'un coup. Par manque de chance, ou plutôt par mesure de prudence, il était resté tourné contre le mur de manière à faire de son corps un écran à la flamme, je ne pouvais donc pas l'identifier.

À ce moment la lune réapparut et il se détourna pour voir s'il était toujours seul. Pendant une seconde la flamme du briquet illumina son visage et il me sembla qu'une chape de plomb me descendait sur le cœur : La Garcette ! Bon Dieu, La Garcette ! Si je m'étais attendu...

L'émotion me fit faire un geste brusque. Je heurtai une branche de mon buisson et ce faible bruit me parut fracassant dans le silence de la nuit.

La Garcette en un instant avait éteint son briquet. Dans le ciel des nuages couraient, masquant et démasquant la lune.

Terrorisé dans mon bosquet, je vis le capitaine d'armes sortir son sabre de son fourreau et s'avancer vers moi ; il me revint alors à l'oreille la phrase du commandant Le Bozec : « Je vous préviens, ça peut être dangereux. Quelqu'un qui envisage de faire sauter un vaisseau et la moitié d'une ville n'hésitera pas à couper la gorge à qui se mettra en travers de son chemin... »

Il me semblait que le fil de la terrible lame qui luisait à la lune était déjà sur ma gorge. Pétrifié, je me recroquevillai en fermant les yeux en pensant à ma pauvre mère, à mes frères, mes sœurs, mes camarades... Enfin, ne sentant pas le froid du fer, je rouvris les yeux. La Garcette se tenait à deux pas de moi. Il était impossible qu'il ne me vît pas. Son corps était rigoureusement immobile, mais son regard méchant et inquisiteur fouillait le décor.

À ce moment un rat énorme, peut-être celui auquel Berrou avait jeté une pierre ce matin même, sortit en couinant du buisson à quelques pieds de moi.

La Garcette poussa un soupir et se détendit. Peut-être avait-il eu aussi peur que moi. Alors, remettant son arme au fourreau, il fit demi-tour et, non sans se retourner à plusieurs reprises, rentra dans le couloir.

J'en avais assez vu. J'attendis qu'un nuage vînt couvrir la lune, et tenant mes sabots à la main, je m'esquivai le plus silencieusement que je pus.

J'arrivai au bout de la place d'armes quand la lune se découvrit de nouveau, me jouant un bien mauvais tour. J'avais oublié que ce maudit La Garcette était plus rusé qu'un cheval de réforme. Il avait pensé que c'était le rat qui avait fait du bruit dans les feuilles, mais comme il était d'une méfiance hors du commun, il était resté posté dans l'ombre du couloir et m'avait aperçu au bout de la place quand la lune l'avait illuminée.

Sabre au poing, il me prit en chasse. Il avait de grandes jambes, mais la peur me donnait des ailes. Je volais littéralement sur ces pavés que je connaissais si bien, aiguillonné par le bruit des bottes à bouts ferrés du capitaine d'armes. Néanmoins, c'était un soldat bien entraîné et il gagnait sur moi. Ma maison étant sur la grand-rue, il allait me voir y entrer et me reconnaître. Il était capable de casser la porte, de tuer tout le monde... Un fou pareil ! « Quelqu'un qui envisage de faire sauter un vaisseau et la moitié d'une ville n'hésitera pas à couper la gorge de celui qui se mettra en travers de son chemin... » La Garcette hésiterait-il à égorger toute la maisonnée ? Je ne raisonnais plus, je vivais un cauchemar. Mon cœur battait comme s'il allait exploser, les poumons me brûlaient, un voile rouge passa devant mes yeux. Devant la maison de Pierre Sauban il y avait deux grands tonneaux. Pris d'une subite inspiration, je me glissai derrière ces futailles. Il était temps. Lancé comme un météore, La Garcette déboucha, passa en trombe devant ma cachette, la lame en avant. J'eus juste le temps de voir son visage démoniaque et l'écume qui blanchissait la commissure de ses lèvres avant qu'il se perde dans la nuit.

Alors en trois pas je gagnai ma maison, poussai la porte doucement pour ne pas faire de bruit et, à mon grand effarement, je sentis qu'elle résistait. La sueur qui me brûlait l'instant d'avant me glaça tout soudain. Que se passait-il ? Je poussai plus fort puis je m'arc-boutai jusqu'à me meurtrir l'épaule, en vain. Quelqu'un avait refermé la clenche ! Catastrophe ! Que faire ? Frapper au risque de révéler ma présence à mon persécuteur ? Et puis, m'ouvrirait-on ? Un des petits avait dû avoir un cauchemar et pleurer dans son sommeil et mon père s'était probablement levé pour jeter un coup d'œil sur le berceau. Il le faisait parfois, regardant aussi, puisqu'il était levé, le reste de la maisonnée. Dieu sait si j'aimais d'habitude cette façon pudique de nous dire son amour. Dieu sait si dans mon demi-sommeil j'aimais sentir sa main rude qui fleurait le goudron, la tannée * et le poisson, caresser mes cheveux dans un geste tendre et protecteur... Mais cette fois, il me jouait véritablement un mauvais tour ! Voyant ma couche vide, cet homme de nature plutôt débonnaire avait dû piquer une colère froide et fermer la porte en se disant : « Puisqu'il veut être dehors, qu'il y reste donc ! Qu'il y passe toute la nuit, ça lui apprendra ! » Mon pauvre père qui ne se doutait pas que j'étais, de l'autre côté de cette solide barrière de bois aspée de ferrures, mussé ** comme un oiselet au pied de l'arbre où est son nid, et en grand péril de mort.

À nouveau, je sentis une sueur froide me couler le long des reins. Le capitaine d'armes allait revenir. J'avais entendu ses souliers ferrés résonner sur les planches du pont-levis. Je le devinais scrutant le quai Pénéroff de ses yeux méchants. Que faire ? Il fallait revenir

* Tannée : préparation à base d'écorce de chêne broyée avec laquelle on traitait voiles, filets et cordages et qui leur donnait leur couleur ocre.

** Mussé : blotti avec une intention de dissimulation (vieux français).

c'était sûr... Il ne pouvait pas ne pas repasser par là. Si je restais planté devant cette porte, j'étais mort. J'imaginai avec effroi l'atroce surprise de ma mère trouvant à l'aube son seuil rougi de sang.

Je repris mes sabots et repartis vers la place d'armes sans bruit, cherchant d'instinct les coins d'ombre, guettant le moindre bruit telle une bête sauvage traquée par les chasseurs.

Derrière moi j'entendais les pas de mon poursuivant. L'homme avait de la suite dans les idées. Il ne courait plus maintenant, il fouillait méthodiquement tous les recoins où j'aurais pu me cacher et il était à prévoir qu'il en ferait de même jusqu'à la place d'armes. Car s'il y allait de ma vie, il y allait aussi de la sienne. Il était à prévoir qu'il ferait tout pour me retrouver et m'ôter toute possibilité de le dénoncer.

J'arrivai ainsi jusqu'à la porte aux Vins, cette ouverture percée dans le rempart pour accéder à l'anse du Lin. L'anse du Lin ! Que n'y avais-je pensé ! En cet automne, les canots sardiniers s'y pressaient comme lors de l'hivernage, en attendant que ces maudits Sauzons leur laissent la possibilité de reprendre la mer. Je savais où était le Sainte-Anne. Si seulement j'arrivais à me glisser à bord, j'y serais en sécurité. La Garcette n'allait pas tout seul fouiller une centaine de bateaux ! Seulement, il y avait la sentinelle... Nous étions en guerre et toutes les ouvertures de la ville close étaient tenues par des gardes en armes. Je m'approchai à pas de loup pour tâcher de repérer le soldat. Peut-être s'il faisait les cent pas me serait-il possible de passer dans son dos pour arriver jusqu'au quai. J'attendis un moment sans voir de sentinelle. Bon, me dis-je, il a dû s'abriter sous la voûte, peut-être même s'est-il endormi. Je me collai à la muraille et me glissai jusqu'au porche. Rien. Surpris, je tendis l'oreille. D'abord je n'entendis que les bruits ordinaires de la nuit, clapotis de la mer contre le quai, grincement de bateaux s'entrechoquant, saut de poissons jouant sur l'eau. Puis des gloussements, des rires de femme chatouillée, des bruits de baisers me parvinrent. Que soit béni le dieu de l'Amour ! Sous une encoignure de porte, la sentinelle batifolait, en galante compagnie ! Je passai la porte sans me faire voir et ensuite longeai la muraille jusqu'à l'endroit où mon père avait mouillé son bateau.

Alors sans hésiter, je me laissai glisser dans l'eau froide qui m'arrivait à la taille et à grand-peine, en m'écorchant les tibias, je me hissai dans la chaloupe. Il me semblait que cette fois j'étais hors d'affaire. Mais comment savoir, ce maudit La Garcette était un adversaire si coriace !

Sous le porche, les gloussements avaient cessé. La sentinelle avait dû entendre quelque chose. Je vis une coiffe blanche filer dans l'ombre, et, après un temps, des sommations trouèrent la nuit :

– Halte là ! Qui vive ?

Puis la voix coupante de La Garcette :

– Repos, imbécile !

Je vis alors la sentinelle épauler son arme en criant :

– Halte là ou je fais feu !

« Vas-y, dis-je en moi-même à l'adresse de la sentinelle, tire, mais tire donc ! Le cœur battant la chamade, tremblant de froid et de peur, je ne trouvais, maintenant que je me sentais à l'abri, que cette façon d'exhaler ma rancune contre celui qui m'avait tant fait courir. Vas-y ! Mais qu'attends-tu ? Tu n'auras pas souvent une occasion comme ça de débarrasser la terre d'un malfaisant ! »

À nouveau la voix de La Garcette s'éleva, plus impérieuse :

– Repos j'ai dit, crétin ! Tu ne me reconnais donc pas ?

La sentinelle releva son fusil :

– Oh, pardon mon Capitaine ! dit-il confus.

– Ça va ! Tu n'as vu personne ?

– Non mon Capitaine.

La Garcette fit quelques pas sur le quai, scrutant les bateaux.

– Tu en es sûr ?

– Sûr, mon Capitaine. Personne n'est passé. Je veillais, mon Capitaine.

– Personne n'est venu de la mer, mais quelqu'un est-il sorti ?

– Non, mon Capitaine.

La Garcette continuait de faire les cent pas, sceptique. Il revint vers la sentinelle le front bas, et je sus alors qu'il allait lui chercher pouilles pour passer sa déconvenue sur quelqu'un.

– Quel est le mot de passe, matelot ?

– Victoire, mon Capitaine.

– Pourquoi ne me l'as-tu pas demandé, matelot ?

– Mais, fit l'autre décontenancé, je vous ai reconnu, mon Capitaine.

– Et alors sentinelle, quelles sont les consignes ?

– Mais... Mon Capitaine, fit la sentinelle qui sentait une mauvaise affaire lui tomber sur le râble.

– Pas de mais, fit La Garcette mauvais. Quelles sont les consignes ?

Et comme l'autre baissait la tête sans répondre :

– Nul ne doit approcher la sentinelle sans donner le mot de passe. Et toi tu donnes le mot de passe au premier venu ! Beau soldat que voilà !

– Mais mon Capitaine, fit à nouveau le soldat indigné par tant de mauvaise foi.

– Tais-toi ! le coupa La Garcette. Tu fais mal ton service, matelot, ou alors, tu es un traître ! Nous verrons ça au rapport demain matin.

– Un traître ? balbutia le malheureux effaré, sachant bien à quelle effroyable sentence pouvait mener cette accusation. Un traître, moi ?

– Parfaitement, reprit le capitaine d'armes impitoyable. N'est-ce pas ainsi qu'on nomme les sentinelles qui livrent le mot de passe au premier venu ?

La pauvre sentinelle se tenait toujours au garde-à-vous, l'arme au pied. La Garcette lui tournait autour, l'œil mauvais, en le toisant.

– Comment t'appelles-tu ?

– Lefort, mon Capitaine, fit le soldat d'une voix éteinte.

– Lefort, dit La Garcette d'un air dégoûté, Lefort ! Au rapport demain matin !

Il tourna les talons tandis que la sentinelle accablée baissait la tête.

Accroupi derrière le plat-bord, la rage au cœur devant tant de méchanceté, je murmurai : « Il fallait tirer imbécile, je te l'avais bien dit qu'il fallait tirer. » Puis, après avoir ôté mon pantalon mouillé et mes bas, je me blottis dans le coton rêche de la voile, heureux de m'en être tiré à si bon compte.

Demain serait une rude journée. Il me faudrait aller rendre compte au commandant Le Bozec, et puis affronter mes malheureux parents qui devaient mourir d'angoisse. Mais bah, comme disait ma mère, « à chaque jour suffit sa peine ». Le danger immédiat écarté, ma nature insouciante reprenait le dessus.

Je m'endormis.

Les ruses de La Garcette

La fraîcheur de l'aube me réveilla. J'étais transi, et la voile sous laquelle je m'étais couché ruisselait de rosée. Un jour gris se levait, avec quelques timides lueurs de soleil vers les îles. Une furieuse fringale me tordait l'estomac. Cependant, il n'était pas question de rentrer à la maison. Mon père serait capable non seulement de me corriger d'importance, mais encore de me retenir au logis. Or j'avais un renseignement capital à transmettre au commandant Le Bozec.

Je résolus donc d'attendre pour sortir du bateau que les matelots viennent à la grève pour travailler sur leurs chaloupes.

Je n'oubliais pas que ce maudit La Garcette était plus rusé qu'un renard. Peut-être était-il en train de guetter du haut des remparts pour voir si quelqu'un n'avait pas passé la nuit dans les bateaux.

Je m'étais aperçu la veille qu'il n'avait pas une confiance absolue dans la sentinelle. Il pouvait donc surveiller les chaloupes. Dans la matinée il y avait toujours une cinquantaine de marins qui s'affairaient autour de leurs bateaux. Dès qu'ils seraient arrivés, il me serait loisible de sortir sans éveiller l'attention.

En attendant, je me mis à fouiller le poste avant. J'y trouvais un morceau de pain moisi oublié depuis la dernière sortie en mer. Ce n'était pas bien ragoûtant, mais j'y mordis à belles dents comme s'il se fût agi du gâteau le plus délicieux de la terre. Cette collation rebutante calma un peu le feu que la faim avait allumé dans mes entrailles.

Autour des canots, l'animation naissait. Je risquai un œil par-dessus le bord, çà et là on clouait, on rabotait, on grattait le dessous des coques. Quelques feux s'étaient allumés en haut du platin *. Bientôt les marmites de coaltar allaient bouillir, dégageant leur âcre odeur.

Il était temps que je m'en aille car il se pouvait que mon père vienne lui aussi s'affairer autour de son bateau. Je remis mon pantalon encore tout humide, mes bas qui ne l'étaient pas moins, mes sabots, et je me laissai glisser

* Platin : fond plat et uni qui se découvre sur une grève à marée basse.

sur le sable par l'arrière, la partie la moins visible – du moins le croyais-je – des remparts.

Le bateau le plus proche de celui de mon père était celui de petit Ru. Il se nommait l'Étendard-de-l'Immaculée-Conception, mais comme ce nom était trop long, tout le monde l'appelait simplement l'Étendard.

– Ah, tu es là toi, me dit le rouquin. Ton père te cherche partout.

– Où est-il ? demandais-je d'un air faussement dégagé.

– Je l'ai vu partir vers le quai Pénéroff...

Et il ajouta :

– Il n'avait pas l'air content. Je crois que ça va barder pour ton matricule !

Et comme je m'éloignais sans mot dire, il cria :

– Eh, Josic, qu'est-ce que tu as encore fait comme bêtise ?

Je me retournai en haussant les épaules :

– T'occupe pas, petit Ru ! Tu ferais mieux de surveiller ton coaltar, sinon tu vas foutre le feu à la grève.

Il se retourna vers le foyer qu'il venait d'allumer et son sourire s'effaça de son visage buriné :

– Boulhuron ! jura-t-il en se précipitant vers sa marmite qui avait pris feu.

Je ne m'attardai pas à voir la suite et puisque mon père était parti me chercher au quartier Pénéroff, je filai dans la direction opposée, vers la place d'armes.

Heureusement, Zaccharie était à son poste sur le banc de pierre. Il n'était malheureusement pas seul, deux autres vieux lui tenaient compagnie : tonton Lom, qui avait été autrefois un fin pêcheur de sardines, et tonton Mathieu, que les anciens appelaient le gabelou parce qu'il avait, dans sa jeunesse, servi dans le corps des douanes du roi. Tonton Lom était à peu près aveugle et tonton Mathieu complètement sourd. On les voyait rarement l'un sans l'autre, tonton Mathieu trottinant devant, tonton Lom le suivant, la main sur l'épaule.

Je saluai les trois bonshommes avec toute la déférence qu'un jeune moussaillon doit montrer aux anciens.

– Qui est là ? demanda tonton Lom d'une voix forte en écarquillant ses yeux perdus.

Et comme tonton Mathieu n'avait pas entendu, ce fut Zaccharie qui répondit :

– Josic.

– Josic qui ? fit à nouveau le vieux de sa voix de rogomme.

– Josic Tellec, le fils de Jos Tellec, reprit Zaccharie en élevant la voix.

– Ton père te cherche partout ! dit tonton Mathieu en beuglant comme le sourd qu'il était. M'est avis que tu vas goûter de son ceinturon.

Il paraissait s'en réjouir et, comme faussement désinvolte je haussai les épaules, il demanda :

– Tu n'as jamais goûté à son ceinturon ?

Je déclarai d'un ton ferme :
– Non tonton Mathieu, jamais.
– Eh bien c'est un tort, mon garçon.
– Eh, j'ai bien assez avec le torchon de ma mère, dis-je.

Il s'esclaffa :
– Un torchon ? Pour un grand garçon comme toi ? Ah, ça alors ! dit-il encore en prenant les autres à témoin de ce ramollissement des mœurs chez les nouvelles générations.

Il hocha longuement la tête et balança loin devant lui un crachat jaunâtre qui devait contenir tout son mépris.

Je fis demi-tour et redescendit l'escalier. Zaccharie, qui avait compris et qui attendait avec impatience les résultats de ma veille, me rejoignit.
– Alors, mon fieu ? demanda-t-il.
– Il y a du nouveau Zaccharie, dis-je.
– Ah, raconte, dit-il simplement en s'asseyant dans l'herbe.

Je lui fis alors l'historique de ma nuit sans rien omettre, sauf l'épisode d'Antoinette Monfort et de son tardif visiteur qui n'intéressait pas directement notre affaire.
– La Garcette, dit pensivement le vieux quand j'eus terminé mon récit. Ah le maudit chien ! Tu vois, je sentais bien que ce gabarit-là c'était un mauvais fer. Quand on est vieux et qu'on a de l'expérience, mon fieu, on sent ces choses-là.

Je m'abstins de lui répondre que bien que jeune et tout neuf dans la vie, j'avais moi aussi ressenti toute l'antipathie qui émanait du bonhomme.

– Y a pas mon gars, dit enfin le vieux en se levant, il faut aller voir le commandant Le Bozec et lui raconter tout ça !

– On y va ensemble, Zaccharie ?

Il me semblait que j'aurais moins peur si on était deux, bien que, en cas de bagarre, le pauvre vieux avec sa jambe de bois m'eût été d'un piètre secours, mon salut, je l'avais prouvé cette nuit, ne pouvait venir que de la rapidité de ma fuite.

De plus, je ne me voyais pas, bien qu'il fût fort improbable que La Garcette m'ait reconnu, l'affronter seul sur la coupée du Vétéran. À cet endroit il ne tenterait rien contre moi, mais je redoutais que mon attitude ne me trahisse et qu'il devine ainsi qu'il avait devant lui son gibier de la nuit.

À nouveau nous traversâmes le rempart pour accéder à la coupée du grand vaisseau. Deux gardes étaient toujours là, avec, à leurs côtés, La Garcette... Je sentis mes jambes se dérober et, sous son regard inquisiteur, une bouffée de chaleur m'empourprer le visage.

Cet homme-là m'avait percé à jour. Il avait senti que la proie qui lui avait échappé cette nuit était là devant lui et, bien qu'il ne prononçât pas une parole, toute sa personne me disait que l'affaire n'était que remise et que la prochaine fois je n'aurais pas la partie aussi belle.

Il nous accueillit avec une onctuosité de mauvais aloi :

– Monsieur Zaccharie et son... assistant veulent sans doute voir le commandant ?

Il avait appuyé sur le « monsieur » avec une méchante ironie. Zaccharie impassible ayant acquiescé, il fit un demi-tour plein d'une solennité affectée :

– Si ces messieurs veulent me suivre, dit-il d'une voix sucrée, mais avec un sourire sinistre.

Nous lui emboîtâmes le pas jusqu'à la cabine du commandant, il frappa à la porte, s'annonça, nous annonça et nous introduisit.

Le Bozec était assis à sa table et écrivait dans un gros registre avec une plume d'oie. En nous voyant entrer, il posa sa plume, parsema la page qu'il venait d'écrire d'une fine poudre blanche, souffla dessus et, s'étant assuré que l'encre était bien sèche, il ferma le lourd livre de bord aux coins de métal luisant et nous regarda. Il porta ensuite son regard sur La Garcette qui attendait raide comme un piquet.

– Le Rumeur (c'était le véritable nom de La Garcette, je le sus plus tard), sortez, fermez cette porte, et veillez à ce que personne ne nous dérange.

– Bien mon Commandant, fit La Garcette plus raide que jamais.

Il sortit mais en passant devant moi, me fixa de son regard de serpent, d'un air de dire « toi mon petit gars, tu ne perds rien pour attendre ».

Bien sûr, il ne pouvait faire autrement que d'obtempérer aux ordres du commandant, mais on pouvait imaginer ce qu'il eût donné pour entendre ce qui allait se dire dans cette cabine.

Par mesure de précaution, le commandant alla s'assurer de la bonne fermeture de la porte, puis revint vers nous.

– Alors, messieurs, ces nouvelles ?

– Le petit va vous raconter, mon Commandant, dit Zaccharie.

Je fis alors au commandant le récit de ma nuit mouvementée.

– Il faut l'arrêter, mon Commandant, dis-je pour finir.

– Et sous quelle accusation, mon garçon ? demanda le commandant d'une voix lasse.

– Mais, dis-je interdit, il a pris la lettre, il a essayé de me tuer et...

– Et c'est ta parole contre la sienne, moussaillon.

Je commençais à trouver la plaisanterie saumâtre :

– Vous ne me croyez donc pas, mon Commandant ?

– Oh si, mon garçon ! Jamais tu n'aurais eu assez d'imagination pour inventer tout ça ! Seulement...

– Seulement ? dit Zaccharie.

– Seulement le capitaine d'armes Le Rumeur, surnommé La Garcette par les matelots de ce bateau pour le goût qu'il manifeste dans l'utilisation de cet instrument à des fins disciplinaires, La Garcette, disais-je, est venu ce matin dès la première heure pour me remettre cette lettre qu'il affirmait avoir trouvée par hasard dans un trou de mur.

– Ça, dit Zaccharie sidéré, quel culot !

– Ce monsieur Le Rumeur est un habile homme, dit le commandant sur un ton de regret.

Mon regard effaré allait du commandant à Zaccharie, comme si je doutais de ce que j'entendais.

– Mais alors..., dis-je.

– Oui, alors, dit Zaccharie, qu'allez-vous faire, mon Commandant ?

– Ma foi, messieurs, dit le commandant, j'ai bien le regret de vous dire que je ne peux rien faire.

Zaccharie sursauta :

– Comment vous ne pouvez rien faire ?

Le commandant s'assit lourdement à son bureau en soupirant.

– Ce navire, dit-il, est soumis à la justice de l'empereur. Si j'arrête le capitaine Le Rumeur, il me faut des motifs...

– Mais puisque je l'ai vu, mon Commandant ! Je vous le jure ! Vous ne me croyez pas mais...

Le commandant me coupa :

– Calme-toi, mon garçon. Tu me dis que tu l'as vu et je te crois, tu me dis qu'il t'a poursuivi et je te crois encore, tu me dis qu'il a voulu te tuer, je te crois toujours...

– Alors, dis-je la gorge serrée, où est la difficulté ?
– Le problème est tout simple. Ce n'est pas moi qu'il faudra convaincre, mais les officiers qui seront chargés de le juger. Voyons objectivement les choses : il y aurait, s'il y avait procès, d'une part, Le Rumeur accusé d'avoir, en complicité avec l'ennemi, voulu faire sauter le bateau ; d'autre part, il y a toi, Joseph Tellec, douze ans. C'est-à-dire d'un côté un officier qui a quinze ans de service, qui s'est couvert de gloire dans les campagnes contre les Anglais. De l'autre un marmot, mousse sur un canot sardinier, qui accuse sans l'ombre d'une preuve. J'ajoute que Le Rumeur sera jugé par ses pairs, c'est-à-dire d'autres officiers, ses camarades de combat... Tu vois ça d'ici, moussaillon ?
– Les preuves, dis-je décontenancé, c'est la lettre !
– Ç'aurait été la lettre, corrigea le commandant, si, après que tu fus venu me raconter ton histoire j'eusse fait fouiller le capitaine Le Rumeur et je l'eusse trouvée sur lui. Seulement le bougre a fait preuve, en venant me remettre ce courrier, d'une habileté démoniaque.
– Il aura entendu notre conversation hier au soir, dis-je, quand il est venu soi-disant vous poser une question relative au gouvernail.
– Il est possible en effet que ça lui ait mis la puce à l'oreille.

– C'est ça, dit Zaccharie. Il se doutait de quelque chose sans en être sûr, mais quand il s'est vu épié hier au soir, il a acquis la certitude qu'un piège lui était tendu...
– Et il a su le désamorcer, dit le commandant.
– Vous dites, mon Commandant, demanda Zaccharie, que le capitaine Le Rumeur a des états de service...
– Exceptionnels, matelot, exceptionnels, dit le commandant comme avec regret. Et je pèse mes mots.
– Alors, dit Zaccharie, pourquoi trahir ?
– C'est la question que je me suis posée... L'inactivité est pour le marin source de tous les maux. Une escale qui dure deux jours c'est bien, une escale qui dure deux mois c'est trop. Je me suis laissé dire que le capitaine Le Rumeur avait dans les bouges du quai Péné-roff des fréquentations féminines qui... que... enfin, il serait tombé dans les rets d'une certaine Margot la Brême, une fille à matelots bien connue sur les quais de la Fosse à Nantes, venue là avec son maquereau, un dénommé Valentin Lamour, joueur et tricheur notoire. (Il se leva.) De là à penser que cette fille lui a fait perdre la tête... qu'il a joué avec ce Valentin Lamour, joué et perdu vraisemblablement, allez savoir, fit-il désabusé. J'ai bien assez à faire avec la discipline à bord de mon bateau. Ce qui se passe à terre... (Il eut un geste de la main signifiant son impuissance.) Désolé matelots, je ne peux rien faire d'autre.

Il me mit la main sur l'épaule :
– Ne sois pas trop déçu mon garçon. Tu as fait preuve cette nuit d'un grand courage. Je suis sûr que tu feras un bon marin. Voudrais-tu servir sur les vaisseaux de l'empereur ?
– Oh oui mon Commandant ! m'exclamai-je.
– Quel enthousiasme ! dit-il en riant. Bon, nous verrons ça en temps voulu. (Tandis que Zaccharie sortait, il se pencha sur moi et me dit dans l'oreille :) Ne t'en fais pas pour La Garcette. Il aura bientôt cessé de nuire.

Je le regardais, mais il n'ajouta pas un mot et nous nous quittâmes sur cette phrase sibylline.

Nous dûmes passer, pour descendre du bateau, devant le capitaine d'armes qui nous regarda avec ironie, d'un air de dire : « Je vous ai bien eus, mes gaillards ! »

Visiblement il nous attendait.
– Venez donc par ici, dit-il doucereusement. J'ai cru comprendre que ce jeune homme s'intéressait de près à la vie à bord de ce navire.

Nous étions sur nos gardes, mais que pouvait-il nous arriver en plein jour sur un vaisseau de l'empereur ? Nous le suivîmes.

Au pied du mât de misaine, un homme était attaché par les poignets, les mains tirées vers le haut, le torse nu. Il était entouré de deux gardes en armes et l'équipage rangé sur le pont se tenait au garde-à-vous. Un gros homme à la mine patibulaire tenant à la main une corde tressée attendait.

Sur un geste de tête du capitaine d'armes, il leva la main et rabattit sa corde sur le dos du malheureux, lui arrachant un gémissement. Il compta à haute voix : un.

Au cinquième coup, le gémissement s'était fait hurlement, le supplicié se tordait comme un damné dans les flammes de l'enfer.

Au dixième coup la peau du dos se fendit et du sang gicla. La brute qui frappait ne ménageait pas sa peine. Il comptait toujours à haute voix, sans accélérer ni freiner sa cadence.

Il y eut dans la troupe des murmures et un mouvement. Un rictus aux lèvres, La Garcette hurla :

– Garde à vous ! Il y en aura autant pour ceux qui bougent !

La troupe se figea, grondante mais matée.

Devant ce terrible spectacle, le sang se retira de mon visage et je devins tout pâle. Je me cachai la tête dans les mains pour ne plus voir. Alors je sentis une main me tirer par les cheveux sans douceur. C'était La Garcette.

– Regarde, petit, me dit-il. À ton âge on est curieux de tout, alors, regarde bien !

Je rouvris les yeux. Le dos du malheureux n'était plus qu'une plaie sanglante. Au quinzième coup il resta pendu par les poignets, sans connaissance et c'est sur une chair inerte que le bourreau asséna les cinq derniers coups sans la moindre faiblesse. J'en avais des nausées et Zaccharie qui pourtant en avait vu d'autres était aussi bouleversé que moi. Un matelot

détacha les mains du supplicié qui tomba sur le pont de tout son poids. Un autre matelot lui versa sur le dos un seau d'eau et le bourreau jeta d'une voix indifférente :
– Emmenez-le !

Le malheureux fut traîné par les pieds sur le pont comme une bête morte.
– Par ici messieurs, dit La Garcette en se dirigeant vers la passerelle. Peut-être vous demandez-vous pourquoi ce matelot a été fouetté ? Eh bien je vais vous le dire : il s'appelle Lefort, et il a mal fait sa garde. Je l'ai condamné à vingt coups de garcette. (Il ricana.) Allez dire aux Concarnois que leur ville est bien gardée. Et il ricana de nouveau d'une façon si affreuse que j'en eus la chair de poule.

Au bas de l'échelle de coupée, je me retournai. Il me dominait, impassible. Alors, ses yeux dans mes yeux, les lèvres crispées par un méchant sourire qui découvrait des dents de loup, il leva lentement la main et se passa deux doigts sur la gorge dans un geste explicite qui me glaça le cœur.

J'étais tellement désemparé que je décidai qu'en plus de ce que j'avais subi depuis vingt-quatre heures, la correction qui m'attendait à la maison serait de trop. Je traînai toute la journée dans la ville close, jouant à éviter mon père qui me cherchait toujours et à la nuit je regagnai le canot. Mais cette fois je me cachai dans l'Étendard-de-l'Immaculée-Conception où je trouvai une nouvelle croûte pour calmer ma faim.

Je fis bien car au crépuscule mon père vint visiter son bateau. Je l'entendais aller et venir, jurer, pester contre moi et faire à haute voix l'inventaire des châtiments choisis qu'il me réservait. Mon avenir s'annonçait sombre, mais enfin, je ne serais pas plus châtié pour deux jours d'absence que pour un seul.

La mort de La Garcette

Le plancher de l'Étendard-de-l'Immaculée-Conception n'était pas plus moelleux que celui du Sainte-Anne, sa voile n'était pas moins humide, son pain pas moins moisi. Pourtant j'étais heureux d'avoir pu trouver cet abri. La Garcette, qui connaissait maintenant mon nom, devait me chercher. Je ne donnais pas cher de ma peau s'il me trouvait dans un coin d'ombre. Pendant tout le temps qu'il serait dans notre ville, j'avais intérêt à serrer au plus près et à surveiller mes arrières.

J'avais dis au commandant Le Bozec que je voulais servir sur les vaisseaux de l'empereur, et c'était la vérité. Depuis que j'avais mis les pieds sur le pont du grand navire, je ne concevais plus de passer ma vie à trimer sur une chaloupe sardinière autour des îles Glénan.

Cependant, la terrible séance de fouet à laquelle j'avais assisté avait jeté un grand trouble dans mon âme. On pouvait donc encore traiter certains hommes comme des bêtes ?

Je m'en ouvris à Zaccharie :

– Y en a-t-il beaucoup comme La Garcette sur les vaisseaux de l'empereur ?

– Je crains bien que oui, mon garçon. (Et devant mon air dépité il ajouta :) Mais il y a aussi de bons officiers, des soldats durs, mais justes. La vie est ainsi faite, de mauvais et de bons...

Sur ses vieux jours, le vieux était devenu philosophe. Cependant, les histoires qu'il nous avait racontées m'avaient profondément marqué. Je rêvais d'Afrique, d'Amérique, d'Océanie, des îles Sous-le-Vent, de Bora Bora – noms magiques, noms enchanteurs –, de palmiers, de chaudes plages de sable fin où des filles aux seins nus vous accueillent avec des colliers de fleurs... De ces pays magiques où, dit-on, le pain pousse dans des arbres...

Je n'en étais pas là, transi sous ma voile, dans des remugles de vieux poisson qui n'avaient rien à voir avec le parfum des flamboyants en fleur.

Pour connaître ces paradis, il faudrait s'engager dans la marine de l'empereur, subir des contraintes, des humiliations, des brimades, des châtiments terribles et immérités comme celui auquel je venais d'assister, se battre, risquer sa vie... Ce n'était pas une partie de plaisir qui m'attendait, mais quand on a douze ans on néglige volontiers les côtés négatifs de l'avenir pour n'en retenir que ce qu'on veut en espérer. Et il est heureux qu'il en soit ainsi car si on devait faire la balance des joies et des peines que la vie nous réserve, le fléau pencherait inexorablement vers le plateau des chagrins.

Maintenant que je suis vieux, je peux aussi vous avouer qu'à mon âge, et c'est un grand privilège, quand on revoit son passé on a tôt fait de ne conserver dans sa mémoire que les souvenirs heureux.

Enfin, quoi qu'il dût m'en coûter, j'étais bien déterminé à m'embarquer dès que possible pour les mers lointaines, à laisser loin derrière moi cette barrière des Glénan qui était pour le moment mon seul horizon maritime. Moi aussi je deviendrais grand, moi aussi je deviendrais fort, moi aussi j'apprendrais à me défendre, du poing et du couteau... Un jour que je pressentais proche, il n'y aurait plus un seul La Garcette dans la marine française pour me faire trembler.

En attendant, j'avais toujours douze ans, je me terrais comme un rat dans la cale du bateau de petit Ru et le capitaine d'armes devait battre tous les coins d'ombre de la ville close pour tâcher de me retrouver, à moins qu'il ne fût dans un tripot enfumé du quai Pénéroff en train de perdre ses trois ans de solde à venir.

J'étais dans un tel état d'énervement que le sommeil me fuyait. Je ressassais sans cesse mon entrevue avec le commandant Le Bozec. J'avais espéré ressortir du Vétéran en triomphateur, voir La Garcette les chaînes aux mains et il n'en avait rien été. Le capitaine d'armes était véritablement retors. Il s'était même payé le luxe de me montrer qu'il était tout-puissant à bord et de me menacer de mort quand je l'avais croisé sur l'échelle de coupée.

L'amertume que j'en ressentais en était d'autant plus forte. Pourtant, la dernière phrase qu'avait prononcée Le Bozec me mettait du baume au cœur : « Ne t'en fais pas pour La Garcette, il aura bientôt cessé de nuire. » Qu'est-ce que cela voulait bien dire ? Le commandant l'avait prononcée sur le ton dont on dit : « à malin, malin et demi ».

Pourtant je n'avais pas confiance. Les capacités de dissimulation et d'esquive dont avait fait preuve jusqu'à présent La Garcette me paraissaient le mettre hors de portée du commandant du navire. Le Bozec était certes un officier valeureux dont la bravoure ne pouvait être mise en doute, mais face à un tel adversaire, il semblait manquer de rouerie.

Une idée subite me fit me redresser : et si malgré tout La Garcette mettait son plan à exécution ? Le pouvait-il ? Le commandant avait dû renforcer les gardes autour de la Sainte-Barbe, mais quels gardes se méfieraient du capitaine d'armes ? N'était-il pas aisé de jeter dans les cales obscures du Vétéran un boutefeu qui se consumerait lentement pour faire, au milieu de la nuit, exploser le navire ?

À cette pensée toute idée de sommeil me quitta. À l'arrière de l'Étendard se balançait l'annexe qu'utilisait petit Ru pour tendre ses filets de sardines...

Une des caractéristiques de mon caractère est que toute ma vie je me suis laissé mener par mes impulsions. Je m'en suis quelquefois mordu les doigts, mais aussi bien souvent félicité.

Quelque chose me disait qu'un événement se préparait à l'ombre du Vétéran. Le commandant n'était pas un niais qui avançait des propos pour rien.

« La Garcette aura bientôt cessé de nuire... » Cette phrase me trottait dans la tête. Comment pouvait-on le faire cesser de nuire ? En le tuant pardi ! Et comment le tuer ? Bon Dieu, il allait se passer quelque chose autour du Vétéran !

Je risquai un œil par-dessus le plat-bord, le fond de l'anse du Moros était calme. Là-bas, à la porte aux Vins la sentinelle montait la garde en faisant les cent pas. Pourrait-elle voir le canot glissant sur l'eau ? Je ne le pensais pas.

Je me glissai donc dans l'embarcation et en défis l'amarre. Puis je le poussais dans le courant qui portait vers le fond de l'anse, me contentant de corriger le cap de quelques coups de godille silencieux. Il ne s'agissait pas d'attirer sur moi l'attention des sentinelles qui n'auraient pas hésité, si elles m'avaient vu, à me tirer comme un lapin. Heureusement la nuit était assez sombre. Dans bancs de poissons, des mulets probablement, jouaient sur l'eau, sautant par moments et retombant dans un éclaboussement. Ces bruits devaient se confondre avec ceux que faisait ma godille dans l'eau. Je m'en fus accoster sur la rive de Beuzec où je calais le canot entre deux gros rochers. De là je voyais la masse sombre du Vétéran se découper sur la muraille grise. Tout était sombre hormis les fenêtres du château arrière où le commandant devait veiller. Le pont était martelé par le pas régulier des sentinelles qui se croisaient en échangeant à chaque passage leur cri rauque. Dans la mâture, quelques agrès grinçaient. Tout était calme.

Il y eut un bref éclair de lune et c'est là que je le vis. Il descendait au long de l'amarre arrière accroché par les pieds et les mains, tel un singe. Était-ce La Garcette ? D'où j'étais je ne pouvais deviner les traits de son visage. Ainsi, il avait, malgré le commandant, réussi à mettre son plan à exécution !

Puis il mit pied à terre et c'est là que je le reconnus. C'était bien lui. Comme hier, dans une attitude que je commençais à bien connaître, immobile, il scrutait la nuit, peut-être à la recherche de son complice. Je me souvenais des termes de la lettre : « ... Il devra s'évader par les amarres de bâbord et touchera aussitôt sa récompense... »

Ainsi, La Garcette venait toucher sa récompense ! Sans bruit il disparut hors de ma vue derrière un gros bloc de rocher. À bord tout était paisible, personne ne semblait s'être aperçu de rien. Puis, derrière le rocher, il y eut un bruit de lutte, des chocs sourds, des jurons, puis un râle affreux troua la nuit suivi d'un gargouillis horrible.

Alors le bateau sembla s'éveiller tout entier, des fusils parurent sur la lisse et le grondement terrible de la mousqueterie troua la nuit. J'entendis les balles siffler et bien que je fusse à l'abri derrière mon rocher, un réflexe me fit me coucher dans le fond du canot.

Le silence qui suivit n'en fut que plus dense. À bord les matelots devaient recharger fébrilement leurs armes. Un horrible ricanement éclata dans la nuit, me glaçant d'effroi et je vis, là-haut sur le rocher, juste au-dessus de moi, le chouan, le mystérieux chouan qui avait tant fait courir la maréchaussée. Il était bien tel qu'on l'avait décrit, immense, maigre, comme un loup en hiver, couvert d'une peau de bique, coiffé d'un grand chapeau. Je pus même voir, à la faveur d'un rayon de lune, le Sacré-Cœur rouge brodé sur sa chemise blanche.

Il défiait sans crainte les matelots du Vétéran aux fusils désarmés. Sans effort apparent, il se pencha, saisit une forme qui gisait inanimée à ses pieds, la souleva au-dessus de sa tête et la jeta dans l'eau, si près de mon canot que l'eau qui rejaillit m'éclaboussa.

La terreur me fit pousser un cri. C'est alors qu'il me vit. J'étais en contrebas, à trois ou quatre mètres de lui. Nos regards se croisèrent : le mien éperdu de terreur, le sien aigu et dur, cruel, déterminé... Ainsi le rapace doit-il fixer le passereau dont il fait sa proie et l'hypnotiser. Je ne pouvais détacher mon regard du sien et si, en cet instant, il était descendu dans le canot pour m'égorger à mon tour, j'aurais été bien incapable de faire un mouvement tant l'étrange fixité de son regard me paralysait.

Peut-être l'aurait-il fait d'ailleurs, s'il en avait eu le temps, mais là-bas, sur le Vétéran, on rechargeait fébrilement les mousquets. Alors il fit un grand bon en arrière et se fondit dans la nuit en lançant, comme un défi, une sorte de rire affreux qui me glaça les sangs.

J'entendis la voix du commandant ordonnant, toute vibrante d'impatience :

– Feu ! Feu !

Une nouvelle mousqueterie troua la nuit, mais le chouan avait disparu. L'abominable rire retentit encore une fois au loin puis se perdit dans les ténèbres.

Une forme humaine s'en allait au fil de l'eau, vers le fond du Moros. Au passage elle heurta mon canot, sembla vouloir s'y accrocher. Un nouveau rayon de lune l'éclaira. C'était bien La Garcette. Il n'aurait plus l'occasion de distribuer ses terribles punitions. La gorge tranchée d'une oreille à l'autre, étendu sur le dos, les jambes et les bras en croix il voguait pour un monde réputé meilleur les yeux grands ouverts, ses yeux méchants qui ne recelaient plus maintenant qu'une indicible terreur.

Frissonnant d'horreur, je le poussai du bout de ma rame dans le courant. Du Vétéran on mettait à l'eau une chaloupe pour porter secours au capitaine d'armes.

Je laissai mon canot dériver les flots, et quand il fut hors de vue du Vétéran, je regagnai sans encombre l'Étendard-de-l'Immaculée-Conception.

Le rusé avait trouvé plus rusé que lui. La voix du commandant me revint à l'oreille : « Ne t'en fais pas pour La Garcette, il aura bientôt cessé de nuire. » Ma confiance et mon admiration pour le commandant, bien entamées lors de notre dernière entrevue, avaient retrouvé toute leur force.

Il restait que j'avais vu le mystérieux chouan et que le mystérieux chouan m'avait vu. Je n'avais donc perdu un ennemi mortel que pour en retrouver un autre. Décidément, j'avais un don pour me plonger dans les ennuis. Désormais j'y regarderais à deux fois pour passer du côté de Beuzec. Il me semblait que tant que je resterais dans ma ville close, je serais en sécurité car je ne pensais pas le chouan assez fou pour venir me chercher au milieu de ses ennemis.

Je ne l'avais vu que pendant quelques secondes, et pourtant ses traits restèrent à jamais gravés dans ma mémoire, et même maintenant, plus d'un demi-siècle après ces événements, je revois sa tête maigre d'oiseau de proie, son nez mince et busqué, ses yeux fixes, noirs et brillants de fanatique. Je revois ses mains noueuses saisir le corps de La Garcette comme des serres, le soulever sans effort, le jeter à l'eau. Je revois sur la chemise blanche le Sacré-Cœur rouge brandi comme un défi, comme une cible aux matelots de l'empereur. Et ses longues jambes noueuses d'échassier le propulsant comme de puissants ressorts hors de portée des balles...

Il m'apparut ce soir-là comme une créature irréelle mue par une force surnaturelle. La désinvolture avec laquelle il avait soulevé le corps de La Garcette qui était un rude gaillard, sans plus d'effort apparent que s'il se fut agi d'une poupée de son, le fait qu'il ait égorgé ce guerrier comme un enfantelet, donnaient à réfléchir.

Je commençais à comprendre pourquoi nos pauvres gendarmes bouffis de cidre et de lard couraient en vain après ce surhomme.

Je n'en fus pas plus rassuré pour autant.

La Croix du Sud

Est-il utile de préciser que la mort du capitaine d'armes du Vétéran fit grand bruit dans Concarneau ? Pendant plusieurs semaines ce sinistre événement devait alimenter toutes les conversations, les bourgeois s'étonnant de l'audace du chouan, qui était venu, à une portée de fusil de son bateau, égorger le brave capitaine du vaisseau amiral, s'indignant de l'impuissance de la maréchaussée à capturer ce sinistre individu, s'inquiétant enfin d'une possible attaque des blancs * sur Concarneau, attaque qui eût pu léser leurs biens et propriétés.

Le corps du capitaine d'armes avait été repêché au fond du Moros et son inhumation donna lieu à une impressionnante cérémonie

* Les blancs : les royalistes.

à laquelle assistèrent toutes les autorités civiles et militaires de la région. Six matelots portaient sur leurs épaules le cercueil de chêne ciré offert par la municipalité à son vaillant défenseur, tandis que les cuivres sonnaient aux morts et que les tambours voilés de crêpe noir roulaient lugubrement. Il faisait en ce jour de funérailles un temps gris et froid et une brise âpre venue du nord-est balayait l'enclos funèbre en faisant claquer bannières et drapeaux.

Juché sur le mur du cimetière, j'avais assisté à la cérémonie et admiré le discours du commandant Le Bozec faisant l'éloge du capitaine d'armes, les propos tenus m'éclairaient fort sur ses capacités d'habileté, de ruse, dont j'avais à tort douté.

Oui, je l'avais bien sous-estimé, ce brave Le Bozec. Bout au vent il avait louvoyé habilement. Sa manœuvre fut pour moi une grande leçon. Je compris que dans la vie s'il était important d'être fort, il ne l'était pas moins de faire travailler son intelligence et qu'une bonne réflexion amenait souvent – avec moins de peine – de meilleurs résultats qu'une action violente et impétueuse. Le commandant évoqua la carrière magnifique du soldat disparu, ses éminentes qualités de militaire, de marin, de patriote. Il parla d'abnégation, de sacrifice dans l'intérêt de tous...

Sa voix emportée par la bise aigre me parvenait par lambeaux, parfois couverte par le cri des corbeaux luttant contre le vent dans le ciel gris et bas.

« ... Un complot était ourdi par des ennemis de la patrie. Le capitaine Le Rumeur par son intelligence, par son intuition, en avait trouvé les preuves et m'en avait aussitôt fait part. Nous savions de source sûre qu'un traître était parmi nous et que ce traître devait mettre le feu à la soute à munitions du Vétéran, puis s'enfuir par l'amarre de bâbord pour retrouver l'ennemi et toucher le prix de sa trahison...

« ... N'écoutant que son courage, le capitaine Le Rumeur n'a voulu laisser le soin à personne d'aller châtier les ignobles instigateurs de ce complot...

« ... Pouvait-on imaginer que ce soldat d'élite tomberait sous le couteau du fanatisme ? Mais pouvait-on aussi imaginer une mort plus glorieuse, pour son pays, pour son empereur, pour tous les citoyens de cette ville... »

Si certains officiers de ses camarades pouvaient penser que Le Bozec avait poussé le capitaine d'armes à une mort certaine, il leur était impossible après ce panégyrique de lui en faire grief. Le commandant avait réussi là un chef-d'œuvre de diplomatie agissante, mot dont le synonyme presque parfait est, je le sus plus tard, hypocrisie.

Le froid me transperçait, j'en avais assez vu. Je me laissai tomber du mur et rejoignis songeur le quai Pénéroff.

Les matelots avaient eu quartier libre pour aller enterrer leur capitaine d'armes. Le quai, les estaminets, les auberges connaissaient une animation extraordinaire. En dépit du temps triste et froid, les matelots semblaient avoir chaud au cœur. Cependant il y avait dans l'air une sorte de gravité, une retenue inhabituelle en ces lieux.

J'allais de taverne en taverne, regardant au travers des vitres dépolies ce qui s'y passait. Toutes étaient pleines et pour les tenanciers de ces établissements, les affaires étaient bonnes. Oh mon père, pourquoi le ciel ne t'avait-il pas fait tavernier plutôt que pêcheur ? Nous aurions eu dans notre assiette une autre pitance que les rogatons de l'Aigle impérial !

Je n'étais jamais entré dans ces établissements, mais j'avais envie d'aller voir un peu ce qui s'y passait. Un certain tripot surtout m'attirait car je savais que feu le capitaine d'armes y avait ses habitudes.

La taverne de la Croix du Sud était, elle aussi, pleine comme un œuf. Je m'y faufilais timidement, heureux d'y trouver un peu de chaleur. Une fumée à couper au couteau montait le long des murs et stagnait comme un nuage délétère entre les grosses poutres noircies.

Derrière un comptoir bas se tenait la patronne. Marie la Jappe ainsi surnommée pour son verbe haut et son langage fleuri. C'était une forte femme d'une soixantaine d'années, aux cheveux raides, gris vers la racine, roux aux extrémités. Quand elle sortait, elle mettait un foulard sur sa tête mais dans sa maison elle était « en cheveux », ce qui, pour nos honorables mères, était un signe de mauvaises mœurs, aucune d'entre elles n'aurait osé se montrer sans sa coiffe. Pour le reste, elle avait une trogne verruqueuse, une moustache d'artilleur et de petits yeux porcins au regard peu amène. J'avais connu son mari, Louis, un homme chafouin et effacé, mais il était « parti de la poitrine » l'année précédente.

Derrière le comptoir, des étagères pliant sous le faix soutenaient des bouteilles de cidre, de rhum et de tafia et des verres sans pied. C'était une spécialité de la maison. En effet, pour pousser à la consommation et faire circuler la clientèle, Marie la Jappe avait cassé les pieds de ses verres qu'on ne pouvait donc plus poser sur une table sans en perdre le contenu. Le client, contraint d'avoir son verre constamment en main, finissait par le vider et en commandait un autre.

Sa nièce Lucie, orpheline falote recueillie par charité, servait en salle, constamment rabrouée et houspillée par la maritorne.

Accoudés aux tables poisseuses, assis sur des bancs, des sous-officiers pétunant ferme et buvant sec donnaient des avis définitifs sur la conduite de la guerre. À certains endroits, des parties de dé étaient en train, et on entendait des petits cubes d'ivoire rouler dans le gobelet de cuir durci puis tomber sur les tables avec un claquement sec provoquant, selon le cours du jeu, des soupirs de déception ou des cris de joie.

Au fond de la salle, près du poêle en fonte dont le tuyau de tôle se perdait dans le mur, il y avait une table où l'on jouait aux cartes. Sur cette table, par privilège, les verres étaient entiers. Il est vrai que ces messieurs buvaient du vin bouché, ce qui expliquait peut-être le régime de faveur qui leur était réservé.

Un perroquet naturalisé dont le ramage multicolore se ternissait dans la fumée du tabac pendait sur un perchoir accroché au plafond. Sous le perroquet, une femme... Une femme comme je n'en avais encore jamais vue, aux cheveux longs, blonds comme les blés, vêtue d'une robe claire si largement décolletée qu'elle lui découvrait jusqu'au bout des tétins... Une femme aux pommettes trop roses, aux lèvres rougies par le fard. Se pouvait-il que nos mères, nos sœurs fussent de la même espèce que cette femme-là ? Elles toujours de noir vêtues, toujours humbles, toujours besogneuses. Je n'en pouvais décoller mes yeux. Elle tirait de courtes bouffées d'une longue pipe. Une femme qui fumait... Cela existait donc ?

Elle était nonchalamment appuyée au dossier d'une chaise où un homme d'une trentaine d'années, vêtu de noir à la mode des bourgeois, était assis. Du col, des manches de cet individu sortaient des dentelles sur lesquelles il tirait de temps en temps avec ostentation. Il avait un visage en lame de couteau et deux longs favoris dits « en côtelette » couraient sur ses joues creuses, la bouche mince et pincée. Ses mains maigres aux doigts démesurés maniaient les cartes avec une agilité qui tenait de la magie.

Pour éviter le regard aigu de Marie la Jappe, je me renfonçai dans un coin d'ombre. Le bouge n'était éclairé que par deux lampes à pétrole qui fumaient noir et par des bougies fichées çà et là sur les tables dans des goulots de bouteille.

Je ne doutai plus d'avoir devant moi Margot la Brême et Valentin Lamour avec lesquels La Garcette avait entretenu peu avant son tragique trépas un commerce équivoque.

Face à Valentin Lamour, trois officiers du Vétéran jouaient à une variante du pharaon, ce jeu si prisé de Louis XIV grâce auquel il récupérait sur ses courtisans les écus que par ailleurs il leur allouait si généreusement. Bien entendu, dans cette partie, Valentin Lamour tenait le rôle du banquier qui est, chacun le sait, le rôle le plus profitable pour dépouiller autrui, pour peu bien sûr que ledit banquier soit d'une habileté suffisante au maniement des cartes. Visiblement, Valentin Lamour l'était et le tas de pièces empilées devant lui prouvait qu'à ce jeu il ne perdait pas son temps.

Parmi ses adversaires, un officier courtaud et rougeaud se renfrognait au fil des minutes. Son maigre tas de pièces avait fondu comme neige au soleil et quand il posa la dernière sur la table, il la jeta comme on lance un défi.

Impassible, Valentin distribua les cartes avec sa dextérité habituelle. Le sort lui ayant été favorable, le courtaud reprit trois pièces et sa face camuse s'éclaira :

– Ha, mon cher Valentin, la chance tourne, dirait-on !

Le cher Valentin se contenta de sourire du bout des lèvres. Soudain il fut pris d'une quinte de toux, une toux sèche qui le secoua comme un arbre sous la tempête. Sortant un mouchoir de sa poche, il essuya la commissure de ses lèvres où perlait une bave rosâtre, but une gorgée de vin et redistribua les cartes.

– À vous la mise, Marenne, dit-il d'une voix rauque et forcée.

Le sous-officier qui venait de gagner, sûr désormais de sa chance, posa ses quatre pièces sur le tapis.

– Holà, dit Valentin avec son curieux sourire, toute votre fortune ?

– Hé, dit l'autre faraud, quand la chance est là, ce n'est point, par pingrerie, le moment de la décourager. Jouons !

– Jouons, répéta Valentin.

Il retourna lentement ses cartes sur la table. L'officier les regarda fixement, comme si ses yeux ne pouvaient plus s'en détacher puis il blêmit :

– Par le diable, jura-t-il, c'est de la sorcellerie ! J'avais deux rois !

– Et moi deux as, dit Valentin d'une voix neutre en tendant les mains pour rafler les pièces.
– Tout doux, dit l'autre en lui prenant le poignet, d'où vient cet as de pique ? Il est déjà passé tout à l'heure ! N'aurais-tu pas triché compère ?
– Tout à l'heure c'était tout à l'heure, dit Valentin, sur ce même ton indifférent, sans chercher à dégager son poignet de la main épaisse qui l'enserrait. Et maintenant c'est maintenant. Quand on joue, mon cher Marenne, il faut savoir jouer et quand on perd, il faut savoir perdre !

Perplexes, les deux autres officiers ne disaient rien, ils se contentaient de s'interroger du regard, ne sachant quelle conduite tenir.
– Eh, vous deux, dit Marenne les interpellant comme pour chercher secours, allez-vous vous laisser plumer comme deux oisons par ce maquereau ?

Il se leva sans lâcher la main du tricheur et porta la main à son sabre :
– Par Belzébuth, à chacun son métier dis-tu ? J'vais t'apprendre moi, gueule de tangon *, j'vais t'apprendre à jouer du coupe-chou !
– Mon cher Marenne, vous perdez votre sang-froid il me semble !

La voix de Valentin était toujours froide et calme.

* Gueule de tangon, gueule de vent debout : face déplaisante, antipathique.

– Écoutez donc un petit peu ça !

La main droite de Valentin s'était glissée sous la table et on entendait des coups frappés sur le bois. Marenne méfiant s'était immobilisé.

– Et alors ? aboya-t-il, tu crois me faire peur peut-être ?

– L'un de vous veut-il regarder ce qu'il y a sous la table ? demanda Valentin imperturbable aux deux autres.

Ils se penchèrent avec un ensemble touchant, se relevèrent de même :

– Un pistolet, dirent-ils d'une voix blanche.

Marenne les regarda soupçonneux et Valentin ajouta :

– Et oui mon cher Marenne. Un pistolet chargé à mitraille...

Sous le coup, Marenne retomba sur son banc mais sans pour autant lâcher la main de Valentin.

– Alors maintenant il y a deux possibilités, reprit le maquereau, ou vous continuez à me traiter de tricheur et à me menacer, à m'insulter et alors, mon cher Marenne, j'aurai le grand déplaisir de tirer une pistolade dans votre tripaille, je vous laisse imaginer les dégâts...

Il regardait Marenne dans les yeux, le canon du pistolet battant toujours sous la table. Il poursuivit :

– ... Ou vous admettez vous être emporté pour rien, vous me faites vos excuses, j'offre une bonne bouteille et on en reste là...

Le courtaud sous l'émotion était devenu écarlate.

– C'est... C'est... C'est la chaleur, dit-il avec embarras en lâchant le poignet de Valentin.

D'une main tenant un mouchoir sale il s'épongea le front, de l'autre il dégrafa son col pour se donner de l'air.

– C'est vrai qu'il fait bon ici, dit Valentin redevenu conciliant. Holà, hôtesse, une bouteille de ton meilleur vin pour mes amis !

Marie la Jappe reposa derrière le comptoir le nerf de bœuf qu'elle avait eu en main durant toute l'altercation. Prestement elle déboucha une bouteille et la tendit à Lucie. Les conversations qui s'étaient éteintes reprirent de plus belle. Je supposai que ce genre d'accrochage devait être fréquent dans ces lieux et que Marie la Jappe n'hésitait pas à intervenir quand le besoin s'en faisait sentir.

Valentin servait maintenant à la ronde. Quand les verres furent pleins, il porta un toast :

– À l'empereur !

Les verres se levèrent tandis que le toast était repris en chœur par toute la salle :

– À l'empereur !

Valentin refit les pleins :

– Au Vétéran et à son valeureux équipage !

Toute la salle se leva, vibrant d'enthousiasme, et le toast fit trembler les vitres sales.

À nouveau il remplit les verres et se releva :

– Au vaillant capitaine Le Rumeur !

Seules quelques voix répondirent. Ils n'étaient pas nombreux ceux qui regrettaient le vaillant capitaine Le Rumeur.

Margot la Brême s'était assise sur le banc auprès du pauvre Marenne qui dodelinait du chef :

– Fais pas cette tête-là, mon gros père ! Malheureux au jeu, heureux en amour !

En lui disant ça elle lui promenait sous le nez son décolleté vertigineux si bien que le pauvre Marenne rougissait, blêmissait, ne savait plus où se mettre par crainte de toucher ces appas qui le mettaient en feu. En plus cette infernale créature exhalait un parfum propre à damner un saint... Il finit par se laisser tomber sur son épaule, ivre de vin, d'émotions, et de cette odeur de femelle que dégageait la blonde. Il se mit à chanter d'une voix de fausset :

Où es-tu belle mignonnette
Que tant j'aimais,
La guerre m'a pris Lisette,
À tout jamais.

Margot se dégagea en riant et dit en faisant des grâces aux deux autres qui semblaient moins gris :

– Holà mes bons garçons, il va être temps de mettre ce gros bébé dans son lit !

Les trois hommes se redressèrent maladroitement, riant niaisement, et firent à grand fracas tomber leurs bancs sur les dalles de pierre.

Puis il rajustèrent tant bien que mal leurs uniformes malmenés et gagnèrent la porte. Je les avais précédés car l'œil perçant de Marie la Jappe s'était à plusieurs reprises posé sur moi et je ne tenais pas à ce qu'elle vienne me demander des raisons devant tout le monde, voire, elle en était capable, me faire goûter de son nerf de bœuf.

La nuit était noire et froide quand je sortis. La bise aigre avait encore forci et on l'entendait miauler lugubrement dans les mâts des barques amarrées au bassin Pénéroff. Je resserrai le col de ma vareuse et enfonçai mon large béret sur mes oreilles. Sur le quai, des matelots passaient en chantant cette chanson que venait de composer le poète du bord :

Un bidel s'est fait crever,
Ô gué, Ô gué,
Il nous en fit tant baver,
Ô gué, Ô gué,
Que soldats et matelots
À l'assassin crient bravo !
Bravo ! Bravo ! Bravo !

La chanson en disait plus long sur la popularité de La Garcette qu'un long discours et le soulagement de ces bons enfants faisait plaisir à voir.

Je balançai sur la direction à prendre, ne sachant où guider mes pas. La correction promise par mon père pendait toujours sur ma tête comme l'épée de Damoclès. Je n'eus pas

longtemps à hésiter, une pogne de fer me serra l'épaule et la voix de mon père tonna :
– Ainsi tu es là, petit malheureux ! Voilà où tu passes ton temps pendant que ta pauvre mère tourne son sang en eau à t'espérer !

Une torgnole grand modèle m'arracha à moitié l'oreille. Je me laissai tomber comme un bœuf sous le merlin.
– Allons, relève-toi, me dit rudement mon père en me secouant. J'en ai d'autres à ton service, chenapan ! Vaurien !

Sa voix vibrait d'indignation.
– Allons, debout ! redit-il d'une voix dure.

Je ne bougeai pas davantage.
– Josic, lève-toi, dit-il en me secouant.

J'avais décelé une intonation inquiète dans sa voix, insuffisante cependant pour que je me manifeste. Il me secoua de nouveau :
– Josic, relève-toi !

Cette fois ce n'était plus de l'inquiétude, mais de l'angoisse que portaient ses mots. Ainsi que je l'ai dit plus haut, cet excellent homme n'avait jamais porté la main sur moi. Il croyait avoir tapé trop fort. Après tout je n'étais qu'un enfant...
– Relève-toi Josic !

Sa voix se faisait suppliante :
– Mon petit, je t'en prie...

Le pauvre homme regardait autour de lui, désemparé, ne sachant que faire. Une bande de matelots passa en chantant et, me voyant par terre, s'arrêta et demanda ce qui se passait.

Un autre matelot sortit d'une encoignure en se reboutonnant et cria en montrant mon père du doigt :
– C'est lui qui a assommé le petit ! J'l'ai vu !

Le cercle des matelots se refermait sur nous, menaçant mon père. Je voyais les poings se fermer, tout à l'heure, peut-être, les couteaux sortiraient des gaines. La mort de La Garcette avait plongé ces garçons dans un état de surexcitation extraordinaire. Leur bourreau était mort ! Ils semblaient libérés.

Un colosse au curieux accent chantant s'avança, roulant des épaules :
– Tu as fait ça, salaud ! Je vais t'montrer moi !

Et mon père tendant ses mains ouvertes :
– C'est mon fils !

Un autre matelot dit :
– C'est-y une raison pour le tuer ?
– Mais, balbutia mon père, je ne voulais pas... (Sa voix s'étrangla :) Il... Il n'est pas mort !
– Espère un peu qu'il n'est pas mort, dit un autre matelot, sinon tu vas finir dans la flotte avec trois pouces de fer dans les tripes !

Et le colosse ravi d'en découdre :
– Tu ne voulais pas, dis, et maintenant, tu veux ?

Mon père n'était pas homme à se laisser massacrer sans combattre, mais à un contre six je le voyais mal parti. Je décidais que le moment était venu pour moi de reprendre pied dans la pièce. Je m'ébrouai, me mis à quatre pattes, détournant ainsi l'attention sur moi et, m'accrochant au pantalon de mon père, je me redressai.

– C'est ma faute, dis-je. On jouait à faire semblant de se battre et j'ai glissé...

– Ah bon, dit le colosse en baissant les mains, j'aime mieux ça !

Puis se ravisant l'air soupçonneux :

– C'est bien vrai petit ?

Je hochai la tête :

– Oui m'sieur. (Je pris la main de mon père :) Tu viens, p'pa ?

Les matelots, qui s'étaient repris bras dessus bras dessous, s'éloignaient en chantant :

Un bidel s'est fait crever,
Ô gué, Ô gué,
Il nous a tant fait baver,
Ô gué, Ô gué...

Nous passâmes le pont-levis sans mot dire. Arrivés à quelques pas de la maison, mon père me demanda :

– Tu n'as plus mal ?

Je portai la main à mon oreille :

– Un peu, p'pa !

Il hocha la tête d'un air marri, semblant se demander ce qui l'avait poussé lui, Joseph Tellec, à frapper son fils avec tant de force.

Je ne saurais vous décrire l'émotion qui m'étreignit en repassant notre seuil, en retrouvant l'odeur familière de notre logis. Ma mère, qui s'affairait au coin de la cheminée, en resta la cuiller de bois en l'air :

– Doux Jésus ! Le voilà ! Mauvais sujet ! Où étiez-vous passé ? Tout le monde à vous chercher ! Morte d'inquiétude que j'étais ! Oh ma doué, ma doué ! Qu'est-ce que j'ai fait au bon Dieu pour avoir un mauvais sujet comme ça ? Avec tout ce qui se passe ici maintenant, du monde qu'on tue au bout de la ville close et celui-là qui est à courir dehors toute la nuit !

La pauvre continuait ses lamentations mais je ne l'entendais plus. Ventre affamé n'a pas d'oreille, dit-on, eh bien je peux vous garantir qu'affamé mon ventre à moi l'était après deux jours au régime croûton moisi. Et la bonne odeur de *souben rouz* – la soupe à l'oignon – qui sortait de la marmite de fonte faisait que je n'avais plus d'oreille pour entendre ses récriminations.

Je pus croire un moment que je m'en tirerais avec la gifle de mon père, mais après le repas il fallut bien donner des explications. Je racontai comment j'avais dormi dans le Sainte-Anne après être sorti la nuit et avoir trouvé la clenche mise. Je passai sous silence l'épisode de la lettre et de mes démêlés avec La Garcette. Ça n'aurait servi qu'à me faire traiter de menteur et à déchaîner les humeurs de ma mère. J'affirmai qu'ensuite, par peur de me faire battre, je n'avais pas osé rentrer.

Mon père raconta qu'il m'avait trouvé sur le quai Pénéroff, près de l'Étoile du Sud.

À ces mots ma mère pâlit.

– Venez ici ! me dit-elle d'un air soupçonneux.

Elle renifla longuement mes vêtements :

– Vous êtes allé dans ce... dans ce... (Elle reculait devant le mot.) Vous êtes allé chez les femmes de mauvaise vie ?

Ce n'était pas une question. Mes vêtements devaient s'être imprégnés de cette odeur caractéristique de cabarets, faite des fumées de pipe et des relents d'alcool. Elle me regarda avec horreur comme si j'avais été le diable en personne et recula en se signant fébrilement et en psalmodiant :

– Jésus Marie ! Jésus Marie ! (Enfin elle me secoua comme un prunier :) Mais qu'est-ce que vous avez dans le corps !

J'étais bon pour une nouvelle rafale de coups de torchon ; alors, suivant une technique éprouvée, je me mis en boule en attendant que ça passe, sachant d'expérience que lorsqu'elle était dans cet état, elle ne s'arrêtait qu'à bout de forces, à bout de souffle, après avoir épuisé les invectives indignées que ma honteuse conduite lui inspirait.

À ma grande surprise, au bout de trois coups l'avalanche s'arrêta. J'ouvris les yeux, surpris, mon père retenait le bras de ma mère.

– Ça suffit. Maria, dit-il fermement.

Ça devait être la première fois que le malheureux tenait tête à sa femme. Elle en resta coite un bon moment, n'en croyant pas ses yeux, avant de détourner sa colère sur lui. Mais lorsqu'elle se débonda, ce fut terrible :

– C'est ça, donnez-lui raison, vous aussi. Peut-être même que vous étiez avec lui dans ce bordel ! Pas la peine de chercher d'où lui viennent tous ses vices, il a de qui tenir !

Elle en bégayait d'émotion. Devant ces injustes accusations, mon père devint tout pâle :

– Ça suffit. Maria, dit-il très doucement, mais on sentait que cette douceur même cachait une violence latente comme sur la mer la calmasse cache la tempête.

Ma mère était trop remontée pour sentir le danger. Elle le repoussa et leva sur lui son torchon, l'œil mauvais.

Elle ne vit pas venir la gifle qui claqua sec, brisant son élan. Pendant un temps qui me parut interminable, elle fixa mon père effarée et puis de grosses larmes jaillirent de ses yeux et elle se précipita en sanglotant dans son lit clos. Mon père ennuyé, après avoir erré dans la pièce comme une âme en peine, s'en fut la rejoindre tandis que les petits apeurés comme des oisons sous l'orage se terraient sous leur couette.

Tout cela était arrivé par ma faute et je me sentais bien coupable. J'aurais préféré recevoir ma dose de coups de torchon si douloureuse que pût être l'épreuve, plutôt que de voir pleurer ma mère. Auprès de moi, dans le lit, mon frère Jean sanglotait comme un veau, et bien qu'il ne m'en dît pas un mot, je sentis à travers sa peine toute sa réprobation pour ma conduite qui amenait trouble et violence dans un foyer jusque-là si uni.

Personne n'en mourrait. Il y avait dans la ville close de nombreuses maisons où les maris battaient leurs femmes tous les jours, d'autres maisons, plus rares, où les femmes battaient leurs maris. Mais dans presque toutes on s'entrebattaient quotidiennement. Pour une fois qu'il y avait eu une gifle chez nous...

Car, ma mère devait me l'avouer bien plus tard, ce fut la seule fois dans sa vie où son mari leva la main sur elle.

L'auberge de l'Aigle impérial

Je m'éveillai le lendemain avec un sentiment de béatitude infinie. J'avais rejoint ma maison, j'étais au chaud sous ma couette tandis que le vent hurlait dans les ruelles froides de la ville close et que la pluie battait les auvents. Pour avoir couché avec les goélands * pendant deux nuits, je ne l'en appréciais que davantage. À l'aube, la tempête s'était levée avec une violence peu commune. Dans la rue, on entendait le claquement sec des ardoises, arrachées aux toits, éclater sur les pavés et des volets mal arrimés battre contre les murs.

Dans la pièce encore plongée dans la pénombre subsistait une gêne quasiment pal-

* Coucher avec les goélands : passer la nuit en mer ou à la belle étoile.

pable ; mon père, accroupi, secouait la cendre pour ranimer le feu dans l'âtre. Il ne disait rien et paraissait ennuyé. Hier au soir, en deux heures de temps, il en avait fait plus que pendant toute sa vie : il avait frappé son fils avec une violence dont il avait honte et il avait giflé sa femme, une épouse exemplaire qui lui tenait sa maison, lui lavait son linge, lui faisait à manger, s'occupait bien de ses enfants et qui, maintenant qu'il ne pouvait plus pêcher, gagnait le pain du ménage en trimant comme une damnée.

Sans un mot, les lèvres pincées sur les épingles qu'elle tenait dans la bouche, ma mère arrangeait sa coiffe devant une glace chichement éclairée par une bougie.

Quand le feu eut bien pris, mon père y plaça deux bûches et remonta soigneusement la cendre autour d'elles pour que la combustion ne soit pas trop vive. Le souci d'économie chez nous était constant. Même le bois de feu, il fallait le faire durer.

Il se leva enfin, frotta ses mains l'une contre l'autre et dit d'une voix embarrassée :

– Je vais aller voir si le bateau est bien amarré.

C'était un prétexte pour meubler son désœuvrement. Il allait le matin s'assurer que le Sainte-Anne était bien attaché, il y retournait le midi et repassait le soir... Même en ce jour de tempête, sur son lit de vase, à l'abri des murailles de la ville close, la chaloupe était parfaitement en sécurité.

– Je vais avec toi, p'pa, dis-je en sautant hors de mon lit.
– Non, dit-il en se retournant sur le seuil, il vaut mieux que tu ailles avec ta mère... Accompagne-la jusqu'à l'auberge, peut-être que tu pourras lui donner la main.

Il tenait la lourde porte de bois d'une main ferme, résistant de tout son poids à la bourrasque qui voulait la claquer. Ma mère n'avait pas dit un mot. Elle finissait de se préparer.

Elle jeta son épais châle de laine sur ses épaules, donna à mon fère Jean et à ma sœur Marie ses dernières recommandations et sortit à son tour. Je lui emboîtai le pas, tout penaud.
– Tu veux bien que j'aille avec toi m'man ?

Elle haussa les épaules sans répondre. Je lui pris son panier des mains :
– Laisse-moi porter le panier.
– Il est vide, dit-elle.

Ça signifiait qu'il n'était pas bien lourd et qu'elle n'avait pas besoin de mon aide. Je la suivis néanmoins et quand nous passâmes le pont-levis, la main folle du vent nous empoigna d'une façon si violente qu'elle dut se raccrocher à moi pour ne pas perdre l'équilibre. Alors elle se cramponna à mon bras et nous nous pressâmes vers l'auberge encore endormie.

Devant l'entrée du port, la tourelle noire de la Médée disparaissait sous des lames gigantesques et même dans le bassin Pénéroff, qui est bien le port le plus abrité dont on puisse rêver, les coques des chaloupes s'entrechoquaient sous l'effet du clapot. Au loin la mer était blanche et les Anglais, s'ils étaient toujours aux Glénan, devaient passer un sale quart d'heure.

De gros flocons d'écume, arrachés aux lames par les rafales, voletaient sur le quai comme une neige souillée, se collant aux vitres des maisons où ils laisseraient leurs auréoles salées.

Sept heures sonnaient au clocher de l'église quand nous pénétrâmes dans les cuisines de l'Aigle impérial par la petite porte de la ruelle. Ma mère alla accrocher son châle mouillé à un clou sous l'escalier et mit sur son habit noir un tablier de grosse toile bleue. À mon tour j'accrochai mon béret et mon caban de drap bleu. Je me retrouvai en vareuse dans une cuisine qui me parut immense, sentant la fumée et la mangeaille froide, insolite matelot perdu au milieu d'une mer de vaisselle sale.

Tout le monde dormait encore dans la maison. Ma mère m'expliqua qu'il fallait allumer le feu dans la cheminée, puis dans l'énorme cuisinière de fonte collée à un des murs, ensuite mettre de l'eau à chauffer et quand elle serait chaude, laver ces piles d'assiettes, ces montagnes de casseroles, ces avalanches de couverts, enfin essuyer tous ces ustensiles et les ranger dans les tiroirs et dans les armoires prévus à cet effet.

J'allai donc au cellier chercher du bois, et au puits tirer de l'eau. Il me fallut faire plusieurs tours pour avoir une provision de bois suffisante et d'autres nombreux tours avec deux grands seaux de tôle qui me griffaient les mollets pour emplir d'eau les marmites pansues aux flancs noirs de fumée.

Pour mon âge j'étais grand et fort et ces besognes ne me faisaient pas peur. Mais tandis qu'au fond du jardin j'actionnais à grand-peine la manivelle du puits, j'imaginai les efforts que devait produire ma petite bonne femme de mère à qui ces tâches étaient d'ordinaire réservées.

Il fallait être bâtie à chaux et à sable pour résister à ce régime qui la faisait aller sans cesse du feu des cuisines au froid glacial du dehors. Je repensais à la blonde qui la veille à la Croix du Sud m'avait tant ébloui, cette Margot la Brême pour qui de braves officiers perdaient leur solde et leur honneur... Ne m'étais-je pas demandé comme un sot que j'étais si ma mère était de la même espèce que cette femme-là ? Eh bien non, décidément, elle ne l'était pas... Pas plus que la fine barque vernie de M. de Pennanros n'était de la même espèce que nos lourdes chaloupes noires. Toutes deux pourtant étaient destinées à aller sur la mer. Mais la première n'y allait que l'été, par beau temps, pour l'agrément de ces messieurs. Les nôtres devaient sortir en toutes circonstances, par nécessité, pour que nous puissions survivre. L'une avait de fines voiles de lin blanc, les autres d'épaisses toiles de coton rapiécées cent fois, roidies par la tannée, mais qui savaient faire de l'usage. Aux unes on pouvait confier sa vie, à l'autre son plaisir. Toute la différence était là...

À huit heures j'avais rempli d'eau tous les récipients de la cuisine, la provision de bois pour la journée était au coin de l'âtre et sur la cuisinière, une énorme cafetière émaillée, bleue avec de petits carreaux rouges, fumait, dégageant une appétissante odeur de café frais.

Ma mère me dit :

– Va-t'en maintenant Josic, M. Lorentz ne va pas tarder et peut-être n'aimerait-il pas te trouver dans sa cuisine.

J'avais le cœur lourd de la laisser avec tout cet ouvrage, j'aurais bien voulu rester l'aider, mais la raison commandait que je m'en aille.

Je m'approchai d'elle :

– À ce soir m'man.

Elle m'embrassa avec un sourire triste :

– À ce soir Josic. Et ne fais pas de bêtises.

– Non m'man. Je regrette...

– Je sais que tu es un bon garçon, me dit-elle en me caressant les cheveux. Bon cœur mais mauvaise tête. Tâche de penser un peu aux autres quelquefois, à ceux qui t'attendent !

– Oui m'man, dis-je tout penaud.

Un pas lourd ébranlait l'escalier.

– Allez, va, dit-elle en me poussant vers la porte.

Je me retrouvai sur le quai d'Aiguillon. Le vent n'avait pas molli. Un jour livide se levait et la mer à la côte était jaunâtre de sables remués. Je remontai vers la chapelle de la Croix. Des touffes de varech volaient vers les maisons et le vent arrachait à la dune un sable qui piquait le visage comme des milliers d'invisibles aiguilles.

Pas la peine aujourd'hui d'essayer de voir les îles et encore moins les vaisseaux anglais. Toute la baie était blanche d'écume sous un ciel sombre où de gros nuages noirs couraient. La haute mâture du Vétéran dominait toujours les remparts. Ce n'était pas demain que le fier vaisseau reprendrait la mer.

La tempête dura tout un mois, avec des paroxysmes jusque-là inconnus ; la mer attaqua la dune à la chapelle de la Croix et au cap Bellou, y creusant de larges brèches. Il y eut aussi des instants de rémission, mais à peine pensions-nous en avoir fini avec ce temps de chien que ça repartait de plus belle. Inutile de dire que pas un bateau n'avait pris la mer. Dans la population des pêcheurs, c'était la désolation. Il y avait des familles chez lesquelles les enfants se partageaient quelques mauvaises pommes de terre bouillies, leurs parents se contentant de les regarder. On citait le cas de bébés à la mamelle, morts de faim parce que leurs mères affamées n'avaient plus de lait.

Dans cette grande misère, nous faisions figure de privilégiés car ma mère nous apportait toujours les restes que M. Lorentz voulait bien lui laisser et aussi parce que les cousins de la ferme nous avaient donné un gros sac de pommes de terre que l'on serrait dans le banc-coffre comme un trésor.

Chaque matin maintenant, j'accompagnais ma mère à l'auberge et je la déchargeais des plus lourdes corvées, celles de bois, d'eau et aussi de vaisselle. À sept heures je repartais subrepticement et j'allais traîner dans la ville close.

Zaccharie venait toujours sur son banc, sauf quand la pluie était trop forte. Depuis la mort de La Garcette, le commandant Le Bozec, désormais assuré qu'il y avait complot contre son navire, assuré également de l'existence du mystérieux chouan, avait fait établir un poste de garde autour des amarres du Vétéran sur la rive du passage Lanriec, se conformant ainsi aux recommandations du vieux matelot.

Les pauvres sentinelles y étaient en faction de jour comme de nuit, arpentant les sentiers de lande en faisant le gros dos sous la pluie froide de novembre. On n'avait pas entendu dire qu'il y ait eu de nouvelle alarme, mais la garde était renforcée et vigilante, les soldats savaient qu'il y allait de leur vie, les chouans n'ayant pas la réputation d'être tendres avec leurs ennemis.

Enfin, vers la mi-novembre, la tempête s'étant calmée, le commandant décida de tenter de rallier Lorient ainsi que le ministre dans sa dépêche du 3 septembre le lui avait prescrit.

Il pensait avec une certaine logique que les Anglais n'avaient pas pu rester aux Glénan pendant tout ce mois de tempête et qu'ils avaient dû regagner leurs ports d'Angleterre pour s'y abriter. Le moment lui paraissait opportun pour exécuter les ordres. Il y eut donc grand branle-bas sur le vaisseau qui fut halé dans l'avant-port. Les canons furent réembarqués, les voiles établies dans les hunes.

Bien entendu, tous les mousses étaient à la batterie du Fer à Cheval pour assister à ces préparatifs qui les intéressaient au plus haut point, tous tristes de voir partir le Vétéran. Bien sûr, nous savions qu'il ne pouvait rester là éternellement, que pour les pêcheurs c'était une bonne chose qu'il s'en aille, mais en même temps le regret de ne plus voir ce magnifique navire tous les jours nous serrait le cœur.

Le Vétéran avait apporté à notre petite ville l'air du grand large. Désormais, quoi qu'on y fasse, rien ne serait plus jamais comme avant.

Il y avait sur le pont, dans les cales et dans la mâture du vaisseau, un tel fourmillement de personnel que les préparatifs allaient bon train. Le sifflet des boscos commandant la manœuvre, le chant à haler des matelots, le grincement des poulies malmenées, le craquement des fargues sous le poids des canons, le va-et-vient des chaloupes requises pour la circonstance, toutes ces activités composaient un spectacle si somptueux que nous en oubliions de regarder au large, vers les îles.

Et quand nous levâmes les yeux, ils étaient là les maudits Sauzons ! D'où étaient-ils venus ? Par quel mystère avaient-ils connu les projets du commandant ?

Dès qu'on lui rapporta la présence des Anglais, Le Bozec fit stopper net les préparatifs. Puis il monta à la batterie du Fer à Cheval, la lorgnette à la main, dans un état d'agitation indescriptible.

Sur le pont, dans la mâture, dans les cales du grand navire, toute activité s'était arrêtée, figée. Chacun regardait vers le large. On eût dit qu'une fée, d'un coup de baguette magique, avait pétrifié tout l'avant-port. Les chaloupes flottaient sur l'eau, chargées à couler sous le poids des armes qu'on les faisait transporter et leurs matelots, qui soudain n'avaient plus d'ordres, attendaient désœuvrés sur leurs bancs de nage.

Le commandant avait longuement scruté l'horizon et conféré avec ses officiers. Enfin, il était retourné à bord sans même nous voir.

Sur le vaisseau, on entreprit de défaire ce qu'on avait fait dans la matinée, mais l'entrain n'y était pas.

À force de manœuvres le grand navire fut ramené à son poste d'amarrage, le long des remparts et je sus cette fois que ce serait pour un long moment.

À la fin du mois, deux chasse-marée vinrent à pleine mer accoster le Vétéran et les quatre mille barils de poudre de la Sainte-Barbe furent transportés à leur bord.

Le Bozec fit mouiller les deux bateaux dans l'avant-port où ils furent placés sous bonne garde. Au milieu de l'eau, ce dangereux chargement était plus facile à surveiller qu'à bord du Vétéran ; celui-ci se trouvait donc moins exposé à un sabotage par le feu.

M. Lorentz savait maintenant que j'allais tous les matins aider ma mère dans ses cuisines et n'y trouvait rien à redire, bien au contraire. Pour le maigre salaire qu'il lui donnait et les reliefs de ses tables, il avait en prime un vigoureux garçon propre à toutes les corvées.

Il faut le dire, nous y trouvions aussi notre compte car cet arrangement me sauvait du désœuvrement et me permettait, par l'entrebâillement des portes, de voir un monde auquel les garçons de ma condition n'avaient d'ordinaire pas accès : le monde des riches, des puissants, de ceux que leurs vêtements protègent de la pluie et du vent, qui dorment au chaud toutes les nuits et mangent à leur faim tous les jours.

La fin de l'année 1807 et le début de 1808 furent terrible. On n'avait pas pêché pendant l'été, on n'avait donc rien à manger durant l'hiver. C'était la règle. Les vieux, les petits enfants, les faibles mouraient de famine et on voyait quotidiennement la charrette des morts passer dans la ville close.

Aux bruits habituels de la cité, cris des goélands, abois des gardes sur les remparts, était venu s'ajouter le tintement désormais familier de la clochette de l'enfant de chœur précédant le recteur Quélennec qui portait, de nuit comme de jour, l'extrême-onction aux mourants.

Bruit sinistre, bruit lugubre mais bruit ordinaire maintenant, qui faisait dans la pénombre des logis tomber les femmes à genoux et se signer les hommes aux regards farouches.

Dans l'encoignure de la porte aux Vins, les matelots impuissants, le dos collé à la muraille, regardaient leurs chaloupes inutiles, les poings serrés au fond des poches, les joues hâves, les yeux brillants de fièvre et d'inquiétude, avec au cœur une rage impuissante. Ils fuyaient leur foyer parce que les pleurs des enfants tourmentés par la faim leur faisaient peine et honte.

Enfin vint le printemps porteur de tous les espoirs. On commença à réarmer les chaloupes, on se prit à espérer que la sardine viendrait en baie et qu'on ne connaîtrait plus un hiver aussi douloureux que celui qui venait de passer.

Las, les Anglais tenaient toujours Penfret et s'ils toléraient la présence de quelques bateaux de pêche dans l'archipel, c'est qu'ils y trouvaient avantage : ils n'hésitaient pas à les arraisonner lorsqu'ils avaient besoin de poissons ou de renseignements sur ce qui se passait à terre.

Dans une seule semaine d'avril 1808, ils avaient ainsi capturé trois chasse-marée, une chatte * et quatre chaloupes.

Zaccharie l'avait bien prédit, leur vigilance ne se relâchait pas. Tant que le Vétéran serait à Concarneau, la baie serait sous haute surveillance.

Le commandant Le Bozec venait de temps en temps à l'auberge de l'Aigle impérial. Il me paraissait vieilli, désabusé. Je l'avais entendu, un jour que j'alimentais la grande cheminée de la salle à manger, confier à ses invités, des notables de la ville, qu'il y avait des traîtres partout qui renseignaient l'ennemi sur ses intentions, de manière qu'ils puissent les contrecarrer.

Le maire s'était récrié qu'il n'y avait point de traîtres à Concarneau. Et Le Bozec, avec un petit rire triste, lui avait demandé comment il se faisait alors que lorsqu'il avait tenté d'appareiller en novembre, les Anglais en aient été aussitôt prévenus. On ne les avait pas vus depuis plusieurs mois et la tempête les avait chassés de Penfret. Par quel hasard seraient-ils revenus juste à point pour empêcher le Vétéran de rejoindre Lorient ?

– Monsieur le Commandant, avait dit le maire avec humeur, il y a là, je le reconnais, probablement plus qu'une coïncidence, mais rien ne

* Chatte : bâtiment de service à fond plat utilisé comme allège ou barque citerne.

vous autorise à penser que des Concarnois en soient cause.

– Peu importe, monsieur le Maire, répondit Le Bozec, peu importe que ce soient des Concarnois ou des non-Concarnois qui les avertissent. Un fait est là : je ne peux pas faire un mouvement sans que l'ennemi en soit informé ! Enfin, reconnaissez tout de même qu'il y a dans votre ville des gens à qui la présence du Vétéran profite, et qui seront bien fâchés le jour où il s'en ira !

– Probablement, avait concédé le maire. Vous voulez parler des aubergistes, des cabaretiers...

– Bien sûr, avait dit Le Bozec, et de bien d'autres. Il y a des tas de gens qui trouvent leur compte à cette situation !

– En tout cas, avait dit le maire avec humeur, les pêcheurs de sardines ne l'y trouvent pas. (Et il ajouta avec une véhémence surprenante :) Nous non plus d'ailleurs, monsieur le Commandant. Depuis que le Vétéran est là, il se produit dans notre ville un dérèglement des mœurs absolument inadmissible ! Le quai Péneroff est envahi par les filles publiques et leurs maquereaux. Tous les soirs il y a des bagarres entre vos soldats et nos matelots, des hommes ivres roulent dans le ruisseau en chantant des chansons licencieuses qui choquent les oreilles des femmes et des enfants. À tout instant la pudeur est agressée. Il y a des rues où les habitants ne peuvent plus dormir. Tenez, l'autre soir, M. Guénier m'a fait appeler à son domicile. Il se produisait, dans l'appartement d'au-dessus de chez lui un tel vacarme que nous avons dû enfoncer la porte pour ramener le calme. Et savez-vous ce que nous avons trouvé dans cette chambre monsieur l'Officier ? Savez-vous ? Deux militaires et une fille dans le même lit ! Ah c'est du propre ! (Le pauvre maire, le visage empourpré, en bafouillait d'indignation.) Et savez-vous ce qu'ils m'ont dit ? Non, vous ne savez pas ? Eh bien, eh bien... Je ne vous dirai pas, là ! J'aurais trop honte ! Oui monsieur l'Officier, trop honte ! Moi, un homme marié, un père de famille, j'aurai trop honte de vous répéter ce que ces débauchés m'ont dit !

Et, en bredouillant, il accompagnait sa fureur de petits gestes désordonnés et dérisoires.

– Je vous l'accorde, monsieur le Maire, dit le commandant, avec un sourire contenu qui indiquait que cette histoire l'amusait plus qu'elle ne le fâchait, il y a un grand laisser-aller... Mais qu'y puis-je ? Je fais régner l'ordre sur mon navire, c'est à vous de le faire régner dans votre ville.

– Et avec quels moyens ? s'indigna à nouveau le maire. Avant que ce bateau n'arrive ici, un garde champêtre y suffisait. Maintenant...

Éperdu, ne trouvant plus de mots pour mesurer l'immensité de sa tâche, il leva les bras au ciel comme pour implorer Dieu de l'assister.

– Eh bien, dit Le Bozec avec lassitude, soyez satisfait. Au début du mois prochain, je quitte Concarneau avec le gros de ma troupe.
– Mais, dit le maire interloqué, et le bateau ?
– Le bateau reste là. Il reste là avec une garnison à bord chargée de sa surveillance et de son entretien.
– Vous partez donc, demanda le maire en se soulevant à demi sous le coup de la surprise.
– Oui, je pars pour Lorient où je vais recevoir une nouvelle affectation à la mer. L'équipage du Vétéran sera réparti sur les frégates la Furieuse et la Félicité et sur les bricks Sylphe et Espiègle. Villaret de Joyeuse est en difficulté à la Martinique, je suis chargé de commander l'escadre qui va lui porter secours. Voilà, je vous dis tout, êtes-vous satisfait ?
– Ma foi, dit le maire stupéfait en se rasseyant lentement, ma foi, je ne sais pas ! Voilà bien une nouvelle qui me surprend ! Du diable si je m'attendais... Mais, vous-même monsieur le Commandant, cette nouvelle affectation estelle à votre goût ?
– Mordiou oui ! dit Le Bozec en tapant du poing sur la table pour marquer sa conviction, ce qui fit tressauter assiettes et verres. Mordiou oui ! Content, je le suis, et vous ne pouvez pas savoir à quel point ! Une seule chose me chagrine, c'est de n'avoir pas pu ramener le Vétéran à Lorient. Mais avec ces maudits Anglais... (Il se tut et bourra sa longue pipe, le front pensif, le cœur plein de rancune inassou-

vie.) Ce que je voudrais, dit-il encore d'une voix basse et rauque, c'est que l'amirauté m'autorise, avant de mettre à la voile pour les îles, à venir caresser les côtes à ce maudit captain Lake, que le diable l'emporte, lui et son Gibraltar de malheur ! Il faudrait bien que le malin s'en mêle pour que je ne fasse pas sauter ce verrou à coups de canon ! (Il baissa la tête et parut se plonger dans des pensées moroses.) Las, dit-il enfin en se redressant, je crains fort que cette espérance ne demeure vaine ! Les îles de Martinique me verront avant les îles Glénan !

Il y avait tant d'amertume dans sa voix qu'un long silence suivit ses paroles. Enfin le maire demanda :

– Et le Vétéran ?

– Soyez sans crainte, il va être désarmé mais son équipage restera à bord pour veiller à ce qu'il ne lui arrive rien. Il sera commandé par le capitaine Le Forestier, un valeureux officier à qui je dois passer le commandement dès son arrivée dans notre ville.

Le maire hocha la tête avec perplexité. Devait-il se réjouir ou se désoler de cette nouvelle ? Le pauvre homme dépassé par la situation ne savait plus où était le bien et où était le mal. Il leva pesamment les épaules comme si toute la misère du monde s'y appuyait et dit dans un soupir :

– Nous verrons bien !

Jambe de Chien

En mars 1808, soit quelques jours après cette conversation, le maire reçut de la préfecture maritime de Lorient l'avis que le Vétéran devait être désarmé, officielle confirmation de ce que lui avait confié le commandant. Il se produisit donc un autre branle-bas à bord du navire amiral. À Lorient, un nouveau grand vaisseau était en cours de finition, l'*Eylau,* ainsi nommé en souvenir de la furieuse bataille que l'empereur avait livrée et gagnée contre la coalition russo-prussienne le 8 février 1807 dans cette petite ville de Prusse-Orientale. L'Eylau reçut les pièces de vingt-quatre du Vétéran qui, pour sa défense, fut doté de pièces de seize. Puisque les routes maritimes étaient impraticables, ces charrois furent effectués par voie de terre, pour le plus grand dommage des chemins existants et à la désolation de leurs usagers habituels.

En effet, ces chemins, à peine praticables en hiver du fait des pluies, subirent de tels dégâts de par ces transports pesants pour lesquels ils n'étaient pas faits que les voyageurs de Lorient arrivèrent désormais avec plusieurs heures de retard à Concarneau, au péril de leur vie, plus secoués que le babeurre en sa baratte, en grand danger de voir à chaque instant leur patache verser dans les ornières et les fondrières creusées par les lourds fardiers transportant les canons.

Le reste de l'avitaillement fut transféré à Brest, également par voie de terre.

Enfin, début avril le commandant Le Bozec prit à son tour la route de Lorient, à pied, à la tête de cinq cent soixante de ses hommes. Il ne resta plus alors sur le Vétéran que son équipage qui fut placé, ainsi que l'avait annoncé Le Bozec, sous les ordres du commandant Le Forestier. Jean-Marie Furic, le timonier qui avait fait entrer le Vétéran dans la baie, faisait partie de cette équipe d'entretien.

Pour autant les désordres ne cessèrent pas dans la ville. Les matelots lors de leurs permissions continuaient à se saouler dans les bouges du quai Pénéroff, à trousser les catins toujours aussi nombreuses, à se déboutonner n'importe où et à insulter les bourgeois qui s'en indignaient.

Une faune interlope avait fait son apparition dans les bas quartiers de la ville, semant le trouble et la suspicion. On racontait que des filles y avaient donné le mal de Venise à plusieurs matelots, et nos mères nous adjuraient de ne pas aller rôder dans ce quartier désormais maudit.

Comme nous ne savions pas ce qu'était le mal de Venise, comme nous n'imaginions pas de quelle manière il pouvait s'attraper, ce mystère tout d'abord nous impressionna tant que nous restâmes à l'écart, nous contentant de nos jeux.

Mais l'attrait du fruit défendu joint aux défis que nous nous lancions firent que bien vite nous nous rapprochâmes de ce pôle d'attraction qu'était devenu le quai Pénéroff.

Il faut dire que j'allais sur mes quatorze ans et que je commençais à avoir du poil au menton. Le petit enfant que j'étais, insensiblement, devenait un homme. Sur la place d'armes, un matelot de Quimper surnommé Kerrogan avait entrepris de m'apprendre la lutte bretonne. J'étais un bon élève, il était bon professeur. Kerrogan avait, à plusieurs reprises, gagné le *maout* * qui est, on le sait, la récompense suprême pour un lutteur, au pardon de Saint-Cado, chapelle de la rivière Odet où les meilleurs lutteurs de Bretagne venaient s'affronter au deuxième dimanche d'août.

* *Maout* : (breton) mouton. Les vainqueurs des tournois de lutte bretonne recevaient un mouton vivant en récompense.

Kerrogan, garçon meunier de son état, était petit et trapu. Il avait des cuisses épaisses comme des troncs d'arbre et paraissait indéracinable. Il avait si souvent fait voler les plus costauds du bateau par-dessus ses épaules à coup de *lamms* ou de *taol bistroat* * imparables que plus personne ne voulait l'affronter.

J'étais devenu son disciple et la conjonction de nos dispositions réciproques avait produit des résultats étonnants : à quatorze ans, il me faisait défier des hommes faits, des soldats qui avaient le double de mon âge, auxquels je faisais bien souvent, pour son plus grand plaisir, mordre la poussière.

Margot la Brême avait toujours son quartier général à l'Étoile du Sud où Valentin Lamour, assidu à ses cartes, détroussait consciencieusement les naïfs qui osaient encore se mesurer à lui.

Derrière les Glénan, les Anglais faisaient bonne garde et durant l'été de cette année 1808, nous ne comptâmes pas moins de dix vaisseaux ennemis entre Groix et les îles.

Les marins sortaient bien, mais devaient se cantonner aux limites étroites de la baie dans laquelle la sardine ne rentrait toujours pas.

Avant midi les bateaux revenaient au port et portaient leur maigre moisson aux presses qui avaient repris un semblant d'activité.

* *Lamm – taol bistroat* : prises de lutte bretonne.

Grande fut donc notre surprise au soir du 30 juin de voir une voile se profiler sur l'horizon, rasant les cailloux de Mousterlin. Les Anglais aussi avaient dû la voir car ils dépêchèrent une corvette à sa rencontre pour l'arraisonner.

L'équipage de cette embarcation ne s'en laissa pas conter, poursuivant sa route au plus près des rochers comme si de rien n'était. La corvette vira de bord pour lui lâcher une bordée, mais aucun de ses coups ne porta et le canot doubla bientôt la pointe de Beg-Meil et, tirant un bord au milieu de la baie, embouqua le chenal le plus paisiblement du monde.

C'était un curieux canot comme nous n'en avions jamais vu, peint tout en noir, avec une curieuse moustache blanche sur l'avant. Zacharie qui assista à son arrivée près de moi sur le môle, me dit qu'il avait vu des bateaux de ce type en haute Normandie, qu'il était gréé en sloop et que ce genre de navire était réputé bon marcheur, surtout aux allures de près. Il devait faire quelques pieds de plus que la plus grande des chaloupes du port, portait une grand-voile apiquée sur une corne et un foc établi sur un long bout-dehors. Pour entrer dans le chenal il avait affalé sa grand-voile et manœuvrait sous foc seul. Il devait être familier de notre port car il évita tous les écueils que la nature met en travers de notre passe et vint sur son erre accoster au quai Péнéroff.

– Voilà un monsieur qui sait manœuvrer, fit Zaccharie, admiratif.

Car il faut vous dire que ce bateau était monté par un homme seul, un curieux gaillard qui, son bateau amarré, entreprit d'y mettre de l'ordre sous les yeux d'une foule de curieux, sans autrement s'offusquer de leur présence. En un rien de temps la grand-voile fut ferlée sur sa bôme, le bout-dehors rentré, le foc roulé, les béquilles mises à poste.

Enfin l'homme se redressa et se fit voir dans son entier.

C'était un flandrin long comme un jour sans pain, peut-être âgé d'une quarantaine d'années. Il était vêtu d'un large pantalon de toile bleue, tenu à la ceinture par une épaisse ceinture de cuir à boucle d'argent, d'une chemise savetée rayée de bleu et de blanc, ouverte au col sur un torse velu. Il aurait eu un visage assez avenant si une vilaine cicatrice livide n'avait couru de la joue au menton, lui retroussant les lèvres en un vilain rictus. Du foulard noué sur la nuque à la manière des frères de la côte s'échappaient de longs poils filasse se terminant en favoris ; au lobe de l'oreille gauche brillait un petit anneau d'or.

Du poste avant du bateau il sortit un sac de grosse toile bleue, puis un coffre de bois noir aux coins renforcés de ferrures, qu'il ouvrit à l'aide d'une petite clef brillante qui pendait à son cou au bout d'un cordon de soie noire. Dans ce coffre il prit une veste écarlate qu'il enfila, un foulard noir qu'il se mit autour du cou et une paire de chaussures, noires également, à boucles d'argent, dont il chaussa ses pieds nus.

Puis il referma soigneusement le coffre, repassa autour de son cou le cordon noir et sa clef et repoussa le lourd meuble à sa place.

Il avait fait tout cela tranquillement, sans dire un mot, sous le regard de la cinquantaine de personnes qui, bouche bée, l'envisageaient du haut du quai. Visiblement, nous aurions pu être mille que ça ne l'aurait pas troublé davantage.

Il sortit alors de la poche de sa veste une longue pipe d'écume, la bourra de tabac, battit le silex sur l'amadou et quand elle fut allumée, en tira une longue bouffée qu'il exhala avec une visible satisfaction.

Alors il parut enfin nous voir.

– Y a-t-il ici, demanda-t-il d'une voix forte, une auberge nommée la Croix du Sud ? (Et comme nous nous regardions interloqués sans répondre :) Eh bien, ne répondez pas tous à la fois ! Du diable, je ne vais pas vous manger ! (Il me montra du doigt :) Eh toi, tu as l'air un peu moins pataud que cette bande de paysans du Danube, sais-tu où est la Croix du Sud ?

– Euh, oui m'sieur, dis-je en tendant mon pouce derrière mon dos. Par là...

– À la bonne heure mon mion ! s'exclama-t-il. Il empoigna son sac et le jeta à mes pieds.

Porte-z-y ça, et dis à la daronne * que Jambe de Chien mouille dans son bouic et qu'y veut sa meilleure piaule, et du bricheton ** et du pivois *** comme s'il en pleuvait ! Allez, file et dis-y ! (D'un bond il sauta sur le quai, faisant s'écarter les badauds éberlués.) Et vous tas de castors, poursuivit-il tandis que le cercle s'élargissait autour de lui, les badauds effarés par ces manières prenant du champ, vous voyez ç'bateau-là ? (Il montrait de la main son bateau.) Eh ben, c'est MON bateau. Si j'vous dis qui c'est qui m'l'a donné, vous m'croirez pas, vu que c'est Robert Surcouf lui-même, le grand Surcouf qui m'l'a donné après qu'on eut pris à l'abordage la Rose-de-Bristol, au large des Chausey. Eh ben j'vous l'dis, si jamais j'en trouve un qui met ses sales pattes à bord, j'y coupe les oreilles, aussi vrai que j'm'appelle Jambe de Chien !

Ce disant il brandit un impressionnant coutelas à manche de rohart **** qu'il avait sorti d'une gaine de cuir gras pendue dans son dos, et, roulant des yeux féroces, il fila de sa démarche chaloupée vers la Croix du Sud.

La taverne était presque vide lorsque, en avance sur lui, j'y entrai. Il y régnait une écœu-

* Daronne : féminin de daron. Désignait autrefois un vieillard rusé et aussi le maître de la maison (argot du bagne utilisé par Vidocq).

** Bricheton : pain (argot du bagne).

*** Pivois : vin (argot du bagne).

**** Rohart : ivoire tiré des défenses de morse.

rante odeur de fumée froide et d'alcool douceâtre. Lucie passait nonchalamment un balai entre les tables. Marie la Jappe devait être dans ses appartements et, pour un temps, son souffre-douleur échappait à sa trop pressante sollicitude.

En entendant la porte s'ouvrir, elle se redressa, s'appuya sur son balai et poussant en arrière une mèche de cheveux qui lui était tombée sur l'œil, elle me dit :

– C'est donc toi Josic ?

Depuis que j'étais « va-z-y dire » à l'auberge de l'Aigle impérial, j'avais été amené à « porter le mot » dans tous les bouges de la place et, de près ou de loin, j'en connaissais les tenanciers et les habituels clients.

Voyant que je portais un bagage, elle demanda ironiquement :

– Serait-ce que tu viens prendre pension chez la veuve ?

– Mais non Lucie, dis-je en rougissant (je ne sais pourquoi, chaque fois que je m'adressais à une fille, mon visage s'empourprait), c'est un matelot qui vient de débarquer d'un drôle de canot qui m'a dit de porter ça ici.

– T'aurait-il dit son nom, Josic ? fit-elle soudain grave.

– Ma foi, il prétend s'appeler Jambe de Chien, et je trouve que c'est un drôle de nom pour un chrétien si tu veux mon avis.

– Jambe de Chien, dit-elle en pâlissant, mon Dieu ! Il faut que je prévienne la veuve !

Posant son balai, elle sortit derrière le comptoir et j'entendis son pas nerveux marteler l'escalier.

Cette réaction de Lucie me troubla. Connaissait-elle le bonhomme ? Je n'eus pas le temps de me perdre dans mes réflexions car la porte s'ouvrit et Jambe de Chien fit dans le bouge une entrée fracassante en courbant la tête pour ne pas heurter le linteau de granit.

– Voici donc, beugla-t-il, la célèbre Croix du Sud, connue sur les sept mers comme un grand collège de Brest, de Rochefort et de Toulon...

Les soldats qui jouaient aux dés sur les tables poisseuses s'étaient interrompus, interloqués. Jambe de Chien les interpella :

– Roulez mes braves soldats, roulez vos dés paisiblement. Jambe de Chien n'est pas ici pour chercher du suif mais pour sécher un grand boujaron de tafia. J'l'ai pas volé, ces maudits Sauzons auraient bien voulu me faire trinquer chez le diable, mais leurs artilleurs de mouscaille tirent trop mal pour ça.

Il s'appuya au comptoir bas et un soldat lui demanda :

– C'est donc sur toi qu'ils tiraient, citoyen ?

– Oui da, sur moi et sur mon bateau, la Mouise qu'il s'appelle, un fameux canot que m'a donné le grand Surcouf lui-même et qui, pour cette raison, ne craint pas les Sauzons.

– La Mouise, dit un soldat, drôle de nom pour un bateau.

– Eh oui mon gars, dit le flandrin, un drôle de nom pour un bateau, un drôle de nom pour un bonhomme, nous sommes faits pour aller ensemble.

Un pas pesant ébranla l'escalier, annonçant l'arrivée imminente de Marie la Jappe.

– Ça m'permet d'te dire, matelot, que lorsque je descends à terre, je suis vraiment sorti d'la Mouise !

La mauvaise plaisanterie, qu'il devait répéter à longueur de temps, le fit partir d'un rire tonitruant qui le courba en deux. Les soldats à leur tour rirent servilement en se tapant bruyamment sur les cuisses.

Quand le silence revint, la veuve était là, le front bas derrière son comptoir, dévisageant Jambe de Chien d'un air soupçonneux. Les soldats firent de nouveau rouler leurs dés et Jambe de Chien, après un coup d'œil circulaire, jeta sur le comptoir une pièce qui rebondit sur les planches grasses. Je m'étais blotti derrière le poêle, en essayant de me faire oublier, et j'eus le temps, depuis mon refuge, de voir luire un éclat jaune avant que la veuve ne la couve de sa main. De l'or ! Jambe de Chien avait jeté une pièce d'or sur la table.

La veuve referma lentement sa serre sur le louis et, tournant le dos à la salle, l'examina soigneusement à la lueur du quinquet qui pendait à la poutre maîtresse.

Satisfaite de son examen, comme à regret, elle reposa la pièce sur la table où Jambe de

Chien la récupéra. Elle lui fit alors un signe de tête, et sans mot dire, disparut dans son arrière-boutique. Jambe de Chien, tout enjouement factice disparu, la suivit silencieusement en ramassant son sac au passage.

Il n'y avait plus rien à voir. Je me glissai dehors où l'attroupement subsistait autour de la Mouise. Zaccharie était toujours là, immobile et pensif.

Je lui racontai la scène à laquelle j'avais assisté.

– Ainsi donc, me dit-il, la veuve attendait ce Jambe de Chien !

– L'as-tu déjà vu, Zaccharie ?

– Non, dit le vieux, mais j'ai connu nombre de ses semblables !

– Où ça ?

– Dans les mers Caraïbes, mon fieu. Là-bas on les appelle les Frères de la Côte. Ils ont établi leur repaire dans l'île de la Tortue et leur pavillon noir porte en son centre une tête de mort et deux tibias. Quand on voit cet emblème, il reste une bonne chose à faire : établir toute la voilure et prier le Seigneur pour n'être point rattrapé. Ces mécréants ne respectent ni Dieu ni diable. Ils emportent les plus forts vaisseaux à l'abordage, même à un contre dix, massacrent sans quartier tous ceux qui résistent et torturent les autres d'abominable manière.

– Tu en as rencontré, Zaccharie ? demandais-je tout excité.

– Je crois bien, dit le vieux, mais que Dieu et saint Gwenolé soient bénis, pas sur la mer ! C'était à la Barbade où nous avions relâché pour faire de l'eau potable. Ils étaient bien cinquante et ils séchaient au soleil en tirant la langue au ciel, pendus aux basses vergues du Victory, un trois-ponts anglais qui les avait capturés, ivres de sang et de rhum alors qu'ils venaient d'arraisonner un galion espagnol. (Il se signa :) Le récit des atrocités qu'ils avaient commises sur ce bateau m'a empêché de trouver le sommeil pendant sept jours et sept nuits...

– Les pirates ! Tu crois que Jambe de Chien en soit un, Zaccharie ?

– Il me semble bien que oui, mon gars. Il en a toute l'allure, toute la jactance, et as-tu vu comme il sait manœuvrer son bateau ? As-tu vu son mépris du danger face à l'Anglais ? Et puis, cette façon de se faire reconnaître avec seulement une pièce... C'est bien dans les manières de ces forbans ! Et cet anneau d'or à son oreille... Une superstition qui a cours dans les mers Caraïbes prétend qu'un anneau d'or à l'oreille gauche donne à qui le porte un œil de morskoul.

Je regardai Zaccharie étonné, car le morskoul qu'on appelle aussi en français le fou de Bassan était réputé pour sa vue perçante qui lui fait voir du haut du ciel les poissons nageant sous la mer, sur lesquels il se laisse tomber comme une pierre.

– Mais alors, la veuve..., dis-je après réflexion.
– C'est bizarre, dit le vieux, comment aurait-elle pu le connaître ?

Il tapa du poing dans la paume de sa main :
– Suis-je bête ! Pardieu, elle ne le connaît pas ! On lui en aura parlé, tout simplement. Elle sert de relais, la pièce est un moyen de reconnaissance et elle doit amener Jambe de Chien à quelqu'un. Quelqu'un qui, pour le moment, préfère rester dans l'ombre...

Je me retournai vers la Croix du Sud. Les soldats en sortaient en protestant. La veuve avait dû les mettre à la porte sans ménagement, avec la détermination dont elle savait faire preuve quand elle avait décidé quelque chose. Je vis Lucie assujettir les lourds panneaux de bois contre la fenêtre et mettre les barres à la porte de la rue.
– Voilà qu'on ferme à cette heure, m'exclamai-je. A-t-on jamais vu une taverne fermer si tôt ?

Lucie était sortie par la porte de derrière et se dirigeait à pas pressés vers l'auberge de l'Aigle impérial.

Je m'élançai :
– Lucie. Lucie, où vas-tu ?

Elle s'arrêta, surprise, et me reconnaissant :
– Mais... je vais porter le mot à l'auberge !
– La taverne est donc fermée ?
– Oui, la veuve a mis tout le monde dehors et m'envoie en course. (Et elle ajouta :) Je ne m'en plains pas, je suis mieux dehors que dedans. Mais je vais, Josic, sans quoi je serai en retard.

– Et Jambe de Chien ?
– Il a pris pension à ce qu'il paraît. J'ai transporté son sac dans la chambre du haut.

Elle s'élança, légère au long des gros blocs de granit qui formaient le bord du quai. Je revins vers Zaccharie :

– Ne trouves-tu pas curieux, Zaccharie, que ce Jambe de Chien connaisse toutes les passes pour entrer au port de Concarneau comme chez lui ?
– Un gars du pays l'aura renseigné, dit Zaccharie. Tu m'as dit qu'il avait parlé du grand collège de Brest, de Rochefort et de Toulon. Sais-tu ce que c'est que ce grand collège-là ?

Je fis une mimique, perplexe.

– Eh bien, mon fieu, dit le vieux, je ne te souhaite pas d'y aller étudier ! C'est le bagne mon gars ! Le bagne !
– Crois-tu que Jambe de Chien soit en rupture de ban ?
– Non, fit le vieux, catégorique. S'il l'était, il ne se hasarderait pas dans une ville pleine de soldats... Mais qu'il ait de nombreuses relations au grand collège, j'en suis persuadé. Quant aux passes de la baie, un matelot qui a bourlingué a toujours eu sur sa route un Concarnois, un Douarneniste ou un Malouin qui les lui a enseignées. Il n'y a pas là de mystère.

Le crépuscule commençait à tomber. Au premier étage de la Croix du Sud, une vague lueur tremblotait. Derrière cette petite fenêtre aux vitres dépareillées, Marie la Jappe et Jambe de Chien étaient en conférence.

Encore une fois, j'aurais volontiers donné la pièce d'or de Jambe de Chien pour entendre ce qui s'y disait. Après le départ de Zaccharie, je restai un moment immobile fixant cette fenêtre derrière laquelle était la clef du mystère, puis, cette veille ne pouvant rien m'apprendre, je me dirigeai à regret vers l'auberge de l'Aigle impérial pour aider ma mère à porter ses paniers.

En chemin, je croisai de nouveau Lucie qui s'en retournait, commission faite. Je l'interpellai :

– Hé, Lucie...

Méfiante, elle scruta l'ombre.

– C'est encore toi Josic ?

– Oui, chuchotai-je. Tu l'as vu ?

– Mais qui donc ?

– Hé, pardi, celui pour qui était le mot...

Elle se fâcha :

– Oh, Josic, ne te mêle pas de ça !

– Tu t'en mêles bien, toi !

– Je m'en mêle, je m'en mêle... Ah, ai-je le choix ? La veuve me dit de porter le mot, je porte le mot ! Je n'ai pas envie de me faire battre.

– « Il » était là ? demandais-je en montrant d'un geste entendu la porte de l'auberge, aux petits carreaux enchâssés dans du plomb, comme les vitraux d'une église.

– Qui ça « il » ?

– Tu le sais bien !
– Oui je le sais bien, dit-elle, puisque je viens de lui porter le mot. Mais toi tu ne le sais pas ! (Elle me tira la langue et ajouta :) Mais tu voudrais bien le savoir et comme dit monsieur le recteur, tu prêches le faux pour savoir le vrai !
– Bah, fis-je vexé en feignant l'indifférence, garde tes secrets. Je sais bien à qui tu le portais, le mot !
– Eh bien, fit la futée, pourquoi me le demandes-tu alors ? Dis-le puisque tu es si malin !
Je tentais à nouveau de ruser :
– Viens donc là, je vais te le dire à l'oreille !
– Tiens donc ! À l'oreille, pour essayer de m'embrasser ! Je te vois venir, Josic.
– Oh ! Je me sentis rougir et je me tournai de droite et de gauche pour voir si personne ne l'avait entendu me prêter d'aussi louches intentions. Moi, t'embrasser ! Quelle idée !
– C'est une idée, fit-elle vexée, qui vient parfois aux garçons quand ils sont seuls avec une fille. Mais, ajouta-t-elle perfide, tu as beau avoir la taille d'un homme, tu es encore un enfant, mon pauvre Josic !
J'eus un geste de menace :
– Je vais te faire voir...
– Tu vois, fit-elle en minaudant, tu veux me frapper ! Un homme voudrait m'embrasser !
– Es-tu sotte, dis-je furieux, je ne veux ni te frapper ni t'embrasser ! Tu portais le mot à Valentin Lamour ! Et je sais même ce que tu avais à lui dire.

– Ah ah, dit-elle d'un air entendu en sautant d'un pied sur l'autre, et c'est quoi, monsieur Josic ?
– Tu lui as dit que Jambe de Chien était arrivé !
– Perdu, monsieur Josic, perdu, fit-elle en me tirant la langue. D'abord ce n'est pas à Valentin que j'avais à dire, ensuite, je n'avais pas à parler de Jambe de Chien !
– Mais alors, dis-je déçu, pour qui était le mot de la veuve ?
– C'est un secret ! fit-elle guillerette. (Et devant mon air dépité :) Si tu m'embrasses, je te le dis !
À nouveau je me sentis rougir jusqu'à la racine des cheveux :
– Mais enfin, tais-toi, on pourrait t'entendre !
Elle me nargua :
– Le bel amoureux que voilà ! Pas très courageux, Josic !
– D'abord, dis-je furieux, je ne suis pas ton amoureux !
Elle dit avec défi, en me toisant, les poings sur les hanches :
– Je ne te plais donc pas ? Je ne suis pas assez bien pour toi ?
– Ce n'est pas la question, dis-je embarrassé mais...
– Mais quoi, monsieur le niais ?
– C'est que...
– C'est que quoi, monsieur le sot ?
– On va nous voir !

– Mais non, dit-elle en m'entraînant dans la venelle, il n'y a personne.

Elle me serrait contre elle et je sentis ses lèvres se poser contre les miennes. Ce contact me troubla plus que je ne saurais dire. Je fermai les yeux puis, la tenant aux épaules, je la repoussai à bout de bras pour la regarder :

– Alors, c'était qui ?

Elle s'impatienta :

– Ah ! tu ne penses donc qu'à ça ? N'avons-nous pas mieux à faire ?

– Dis-moi !

– Eh bien, c'était pour un ci-devant arrivé depuis hier soir de Lorient avec un grand pendard qui lui sert de valet, le marquis du Cousquer. Je ne sais ce que ça peut te faire, tu ne le connais même pas !

– Et que lui as-tu dit ?

– Trois mots.

– Quels mots ?

– « Il est là. »

– C'est tout ?

– Je te le jure. Josic, embrasse-moi encore !

Elle se pendit à mon cou en se trémoussant et une petite langue agile et pointue força mes lèvres tandis que mes mains se posaient sur sa poitrine ferme. Je me sentis emporté par un curieux sentiment, une sorte d'énorme vague qui balayait tout sur son passage. C'était moi maintenant qui prenais sa bouche, et mes mains, mues par une volonté qui me dépassait, se faufilaient sous son corsage, cherchant la chair tiède.

Elle me repoussa presque brutalement, comme prise de panique et haleta :

– Arrête !

Je reculai, interdit :

– Mais...

Savait-elle ce qu'elle voulait celle-là ?

– Arrête dégoûtant !

Elle me tapa sur les mains.

C'était trop fort ! J'en restai sans voix. Alors elle se rapprocha de moi et je sentis son haleine parfumée :

– Josic, tu m'aimes ?

De mieux en mieux !

– Ben oui, balbutiai-je.

– Moi aussi, dit-elle.

Et elle me posa vivement sur la joue un baiser si furtif que j'eus l'impression qu'un papillon venait de m'effleurer le visage. Puis, avant que j'aie eu le temps de la retenir, elle s'enfuit légère comme un elfe au long du quai. Je me passai la main sur le visage, là où elle venait de m'embrasser, me demandant si je n'avais pas rêvé. Au fond de la venelle une porte grinça et la mince silhouette de ma mère apparut, chargée comme un âne bâté. J'étais si troublé que je demeurai immobile, me demandant ce qui m'arrivait.

À la porte de la cuisine, je voyais ma mère qui fouillait l'ombre du regard. Elle appela :

– Josic...

Le son de sa voix rompit le charme.

– Je suis là, m'man, je t'attendais.

– Ah, fit-elle avec un soupir de satisfaction, je ne me voyais pas porter tout ça à la maison.

Je lui pris ses paniers des mains et elle s'accrocha à mon bras.

Je n'en revenais pas de ce qui m'était arrivé. Si les copains m'avaient vu, ils m'auraient accablé de sarcasmes ! Mais nous étions seuls, Lucie et moi et qu'importaient désormais leurs moqueries, depuis qu'elle m'avait embrassé, une transmutation radicale s'était opérée en moi. Sans le savoir encore formellement, je sentais qu'une chose importante, capitale, venait de se passer dans cette ruelle obscure et nauséabonde.

Je m'aperçus plus tard, oh, bien plus tard, que ce soir-là j'avais définitivement quitté les doux rivages de l'enfance.

Quand nous passâmes le pont-levis aux planches disjointes et sonores sous nos sabots de bois, j'eus un regard pour la taverne de la Croix du Sud ! À la petite fenêtre, la pâle lueur tremblotait toujours. Les lourds panneaux de bois du rez-de-chaussée ne laissaient filtrer aucune lumière, mais je savais que Lucie avait regagné son gîte et que désormais j'avais une alliée dans la place.

Le marquis du Cousquer

Le marquis du Cousquer était un petit homme précieux et replet qui avait, à l'écart de la table d'hôte, son couvert à part à l'auberge. Il mangeait en faisant des mines comme s'il eût dérogé en dînant en compagnie du commun. On disait qu'il avait ses affaires en la ville de Nantes où, de moitié avec un sien parent, il armait au commerce du bois d'ébène et à d'autres négoces encore. On prétendait qu'il était de passage à Concarneau afin d'étudier les possibilités qu'offrait le port pour étendre son commerce et qu'il cherchait à établir un comptoir en Finistère sud. À cet effet, il devait visiter les ports de Quimper, d'Audierne et de Douarnenez pour déterminer celui qui conviendrait le mieux à ses desseins.

Je l'avais vu deux ou trois fois arpenter les quais, mais le reste du temps il se tenait dans sa chambre, ne descendant qu'à l'heure des repas et encore pas toujours, car bien souvent il s'y faisait servir par son valet, celui-là même que Lucie avait désigné sous le nom peu flatteur de « grand pendard », un homme de haute taille, de mine austère, silencieux comme une ombre, qui s'efforçait autant que sa gigantesque stature le lui permettait de passer inaperçu.

Étrangement, plus cet homme, que le marquis appelait Per Yann, ce qui signifie Pierre-Jean en français, se voulait effacé, plus sa silhouette m'intriguait.

Le marquis ne s'adressait à lui qu'en breton et il ne lui répondait que par signes ou par des grognements laconiques. Pour le reste, il ne faisait à personne l'honneur de sa conversation. Bien malin qui eût pu savoir ce qu'ils se disaient, car ils parlaient le breton du pays de Vannes qui est très différent de celui de Cornouaille tant dans le vocabulaire que dans l'accent.

Pour ma part c'était une langue que j'entendais mal pour cause que dans la ville close tout le monde parlait français, alors que toute la campagne avoisinante était bretonnante. Je sus par la suite qu'il en était ainsi dans toute la province, sauf en deux villes qui étaient Brest et Concarneau.

Le marquis voyageait dans une charrette anglaise attelée d'un cheval. Per Yann passait le plus clair de son temps autour du cheval, s'en occupant avec une attention extraordinaire, le pansant, le bouchonnant, l'étrillant, lui portant l'eau et l'avoine lui-même, sans laisser ce soin au garçon d'écurie, comme le faisaient habituellement les autres voyageurs.

Il dormait dans le grenier à foin au-dessus de l'écurie et parfois, quand j'avais à faire de ce côté, je l'entendais parler tout seul. En réalité, il s'adressait à son cheval... Un homme étrange, vraiment, que ce Per Yann !

La charrette du marquis était rangée dans la remise, un endroit où mes fonctions d'homme toutes mains m'appelaient souvent.

Or, un soir où j'étais occupé à faire du menu bois d'allumage pour ranimer le feu du lendemain, j'entendis une charrette s'arrêter dans la rue. Le crépuscule assombrissait le ciel, j'étais sur le seuil de la remise lorsqu'on poussa la porte cochère. C'était la voiture du marquis qui rentrait de tournée. Il avait paraît-il été du côté de Fouesnant et de Beg-Meil prendre langue avec des fermiers pour des fournitures de cidre et de *lambig* *.

En entendant le verrou coulisser, je me poussai derrière la porte. La charrette entra, le marquis en descendit et, après avoir donné à son valet, dans cette langue gutturale dont ils usaient entre eux, des directives que je ne compris pas, entra dans l'auberge.

* *Lambig* : eau-de-vie de cidre.

Per Yann, qui menait le cheval par la bride, l'attacha à un pilier et lui dit quelques mots en breton, puis saisit dans la charrette une lourde malle qu'il enleva comme une plume à bout de bras.

C'est à ce moment-là qu'il m'aperçut. Il tenait toujours la malle au-dessus de sa tête et moi j'étais accroupi en train de ramasser mon menu bois.

En un éclair je me revis dans le canot de petit Ru, amarré aux rochers de Beuzec. Per Yann ne tenait plus la malle au-dessus de sa tête, mais le corps pantelant de La Garcette... Oui, j'avais devant moi le mystérieux chouan qui avait égorgé le capitaine d'armes. Aucune équivoque, cette haute taille, ce nez busqué, ces yeux noirs, fascinants et, par-dessus tout, ce geste désinvolte pour enlever un lourd fardeau au-dessus de sa tête... Il pouvait bien avoir changé de vêtements, son geste pour soulever la malle l'avait trahi. Je savais bien que cette silhouette bizarre ne m'était pas inconnue, mais de là à penser que c'était le chouan... Et lui, avait-il reconnu en ce commis de cuisine qui cassait du bois au fond d'une grange ce gamin terrifié qui se terrait au fond de son canot la nuit où il avait dépêché La Garcette ? Depuis lors j'avais bien changé, j'avais grandi, j'avais forci, j'étais devenu, grâce à Kerrogan, un lutteur de toute première force. Certes, je ne prétendais pas rivaliser avec le chouan doué d'une force terrifiante, mais qu'importe, je n'étais plus la victime expiatoire qui se laisserait égorger comme un mouton. J'eus un mouvement de recul instinctif et je me redressai en serrant à m'en blanchir les jointures la courte hache à large lame qui m'avait servi à fendre mon bois.

Per Yann abaissa lentement les bras, posa la malle sur son épaule, cracha dans ma direction et sortit en marmonnant une injure.

Quand il eut disparu, je me détendis, et je rabaissai ma hache en expirant. Si je m'attendais... Fallait-il qu'il ait de l'audace pour venir séjourner au cœur de cette ville où sa tête était mise à prix.

Ainsi, le commandant Le Bozec avait justement crié à la trahison. Nos plus terribles ennemis, les Anglais, entretenaient jusque dans nos murs, jusque dans la plus belle auberge de la ville, des espions qui les renseignaient.

Parce que, maintenant que j'avais démasqué le chouan, il ne faisait plus de doute que son maître, ce soi-disant marquis du Cousquer, était à l'ennemi... Que ce Jambe de Chien qui communiquait avec eux était à l'ennemi, que Valentin Lamour et Margot la Brême étaient à l'ennemi, que la veuve était à l'ennemi et que son cabaret la Croix du Sud était le cœur de la conjuration.

Devant l'ampleur du complot, j'eus un vertige, comme on en a devant un précipice mortel. Et à quoi m'avançait-il d'avoir découvert tout ça ? À rien !

Le seul homme qui eût pu m'aider, le commandant Le Bozec, était loin. Voguait-il déjà sur la Furieuse pour les îles Martinique ? C'était probable mais quand bien même il eût été seulement à Lorient, c'est-à-dire à quelques lieues de chez nous, il demeurait pour moi tout aussi inaccessible.

Je ne connaissais pas le capitaine Le Forestier qui lui avait succédé et je me voyais mal l'aborder pour lui dire :

« Cet homme, ce soi-disant marquis du Cousquer, avec lequel vous jouez à l'écarté le soir à l'auberge en compagnie de monsieur le Maire, cet homme est un traître ! Il complote pour l'Anglais. Son domestique est le chouan qui a égorgé si proprement le capitaine Le Rumeur ! »

Me voyais-je formuler cette accusation un soir lorsque, le dîner fini, ces messieurs battraient les cartes au coin de la cheminée, paisiblement installés la pipe au bec, un verre d'eau-de-vie à portée de la main ?

Au mieux on rirait de mes propos, on me traiterait de fou. Qui osait accuser de trahison un homme aussi respectable que le marquis du Cousquer, riche armateur des quais de la Fosse ? Un adolescent à l'imagination trop fertile, un mousse sans emploi que l'aubergiste dans sa grande bonté employait par charité dans ses cuisines, à seule fin de ne pas le laisser mourir d'inanition.

Voilà ce qui m'attendait. J'avais bien retenu la leçon du commandant Le Bozec, j'entendais encore sa voix lorsqu'il me disait à bord du Vétéran : « Il y a d'un côté un officier qui s'est couvert de gloire dans les campagnes contre les Anglais, de l'autre un marmot, mousse sur un canot sardinier, qui accuse sans l'ombre d'une preuve... »

Si ce bon capitaine avait été là ce soir et que je l'eus fait juge de la situation, il m'aurait dit sans avoir beaucoup à modifier ses paroles : « Il y a d'un côté un riche armateur qui paie sa dépense en or, et de l'autre un pauvre garçon de cuisine probablement jaloux et qui, pour inventer de pareilles histoires, n'a probablement pas tous ses sens... »

Voilà ce qu'aurait dit avec raison le commandant Le Bozec. De surcroît, porter cette accusation c'était à coup sûr me faire chasser de l'auberge, et faire probablement perdre sa place à ma mère, c'est-à-dire priver la maisonnée de toutes ressources. Il y avait là trop de risques pour que j'entrouvrisse seulement les lèvres pour dire mon secret. Même à Zaccharie, mon confident, je n'en pouvais toucher mot.

Je ressassais toutes ces raisons en rangeant mon petit bois soigneusement dans la niche prévue à cet effet sous la dalle de l'âtre dans la cuisine.

Puis M. Lorentz me commanda d'aller jeter des bûches dans la grande cheminée de la salle commune où s'attardaient quelques pensionnaires.

Quand j'y entrai, mes deux souches de vieux chêne sur les bras, quelques bancs étaient encore occupés par des joueurs de cartes et de dés. Le marquis du Cousquer, solitaire à sa table, déchiffrait un grimoire à la lueur d'une bougie, de petites lunettes cerclées de fer posées sur l'extrême bout de son nez.

Comme je finissais de disposer mes bûches, je sentis le poids d'un regard sur mes épaules. Je me retournai et je vis Per Yann qui me fixait de ses yeux de braise. Puis il se pencha et dit à voix basse quelque chose à son maître. Celui-ci leva les yeux, surpris, et me considéra. À son tour il demanda quelque chose à son valet qui dut de nouveau courber sa haute taille pour tendre son oreille à la hauteur de son maître. Leur conversation ne dura que quelques secondes, puis m'ignorant totalement, le valet disparut.

Alors le marquis me fixa par-dessus ses petites lunettes et sourit imperceptiblement, d'un sourire ironique qui signifiait : « Je sais que tu sais, mon garçon, mais tu ne peux rien contre moi... »

Il avait raison.

La rage au cœur, je retournai dans ma cuisine en me retenant de lui faire, au passage, la plus horrible grimace de mon répertoire.

Le baptême du rhum

Je sus le lendemain par Lucie que Per Yann avait dans la nuit fait une visite à la Croix du Sud. Sans doute était-il venu prévenir ses complices qu'il fallait se garder de moi. Un homme averti en vaut deux. J'évitais désormais autant que possible de m'aventurer dans ces murs où l'ennemi me guettait. Pourtant il me fallait bien y aller de temps en temps pour faire les commissions que m'ordonnait M. Lorentz.

D'abord je le fis avec circonspection et, comme personne ne m'y faisait mauvaise mine, je finis par être moins en éveil.

Comme je l'ai dit précédemment, Jambe de Chien y avait établi son quartier et passait le plus clair de son temps à boire du tafia tandis que Valentin Lamour tentait, avec il faut le dire de moins en moins de succès, de trouver des clients décidés à risquer le contenu de leur gousset en jouant avec lui.

Attirés par cette nouvelle figure, les matelots se pressaient dans l'auberge et les affaires de la veuve prospéraient. La malheureuse Lucie, accablée de travail et de remontrances, faisait son service en silence. Quand elle me voyait, son visage s'éclairait d'un doux sourire, et dès qu'elle pouvait s'évader, elle me rejoignait derrière la chapelle de la Croix où, à l'abri des touffes de genêts, nous nous embrassions à bouche que-veux-tu.

Ma mère travaillait toujours à l'auberge de l'Aigle impérial et comme M. Lorentz était content de mes services, il lui avait proposé de me prendre à gages comme apprenti et de faire de moi un cuisinier.

Cette perspective ne me plaisait pas du tout, mais mes parents m'y poussaient car, disait ma mère, « on n'a jamais vu un cuisinier mourir de faim ».

Quand elle avait su ça, Lucie avait poussé des cris de joie. Les femmes ont de drôles d'idées dans la tête. Elle était la seule héritière de la veuve, quand celle-ci décéderait, la Croix du Sud lui reviendrait. Dans sa tête, elle avait dessiné notre avenir : la Croix du Sud deviendrait la plus belle auberge de toute la région. J'en serais le cuisinier et elle la patronne après bien sûr que je l'eus épousée.

Son enthousiasme était si touchant que je n'osais pas la contrarier. Je savais pourtant que mon avenir n'était pas au feu des cuisines, mais sur les vaisseaux de l'Empereur, dans les mers lointaines...

Pauvre Lucie, je t'aimais bien, mais nos conceptions du bonheur étaient si différentes que jamais nous ne ferions route ensemble.

Il m'arrivait maintenant de m'attarder à la Croix du Sud quand Jambe de Chien, suffisamment imbibé de tafia, narrait complaisamment ses aventures.

Il nous parlait de Tortuga, des boucaniers qui y faisaient fumer de la venaison, de Henry Morgan, le célèbre flibustier anglais qui ravagea Cuba, Porto Bello et détruisit le fort de Maracaïbo et qui, plus puissant qu'un roi, finit paisiblement ses jours à la Jamaïque. Et quand il avait bien bu, il chantait d'une voix éraillée la chanson des flibustiers de Morgan après le sac de Porto Bello où neuf sur dix de ses hommes étaient morts après la furieuse bataille qui les avait opposés aux Espagnols :

Nous sommes si peu nombreux
Notre cœur est immense
Et chacun de nous aura plus de butin,
Et chacun de nous aura une assiette plus pleine.

Il parlait de Louis Dakeyne, le plus féroce des féroces, surnommé Louis l'Exterminateur et dont le nom seul faisait trembler les capitaines les plus aguerris.

Il racontait comment, avec Surcouf, il avait pris avec quinze hommes dans un petit bateau comme le sien une frégate anglaise à l'abordage.

Et quand un matelot sceptique mettait sa parole en doute, il se fâchait et, crachant d'horribles blasphèmes, sortait son terrible coutelas de sa gaine. Si saoul qu'il fût, il le lançait avec une terrible sûreté de main dans la cloison où il se fichait en vibrant. Alors tout le monde se taisait et il poursuivait ses histoires qui devenaient de moins en moins audibles à mesure qu'il se remplissait de rhum.

Zaccharie, que je voyais encore de temps en temps, m'avait recommandé :

– Méfie-toi de cet homme, Josic.

– Pourquoi, Zaccharie, penses-tu qu'il mente ?

– Hélas non, avait dit le vieux avec un drôle de sourire. Hélas non, il ne ment pas !

En me voyant si attentif à ses histoires, Jambe de Chien en profitait pour faire l'aimable à mon endroit. Cela me surprenait d'autant plus qu'il était porté à rabrouer et à traiter avec mépris les gens qu'il rencontrait d'ordinaire dans la taverne. Je dois dire que quiconque se fût risqué à en faire de même se fût retrouvé avec une méchante histoire sur les bras, les marins de l'empereur et les militaires étant assez sourcilleux quant à leur honneur pour ne pas se laisser traiter comme des moins que rien par un matelot de fortune... Mais il émanait de la personne de Jambe de Chien une sorte de magnétisme diffus qui signalait que l'homme était dangereux. Et ceux qui avaient eu dans leur vie à affronter le danger et la mort ne s'y trompaient pas. Il convenait de se méfier de cet homme-là comme de la peste. On le sentait prêt à tous les mauvais coups, à toutes les traîtrises.

Cependant il avait en bouche de tels mots, Tortuga, Cuba, Porto Bello, Maracaïbo qui sentaient l'aventure, le soleil et les îles, que, benêt que j'étais, je m'y laissais prendre comme l'alouette au miroir.

Un soir que je l'écoutais bouche bée parler des Antilles, il me servit un verre de rhum :

– Goûte-moi ça, matelot, me dit-il d'une voix éraillée en me tendant le verre. Si tu veux comprendre les Antilles, il faut goûter le rhum !

De derrière son comptoir, Lucie me suppliait des yeux de n'en rien faire. Devant mon hésitation, Jambe de Chien railla :

– Alors, es-tu un homme ou un marmouset ?

Les rires serviles des militaires autour de nous me décidèrent. Après tout, un verre ne pouvait me faire tort. Jambe de Chien, lui, en buvait des dizaines à la file. Je trempai donc mes lèvres dans le verre et fis aussitôt une grimace. Mon Dieu que c'était fort !

Autour de moi les rires redoublèrent.

– Allons mon mion, dit Jambe de Chien, est-ce ainsi qu'on boit quand on est un homme ? Cul sec, mon gars, cul sec ! (Il prit son verre et, se renversant en arrière, se le vida dans le gosier comme s'il se fût agi d'un simple verre d'eau.) Voilà comment on doit boire quand on est matelot ! On sent ça descendre, fit-il en se caressant de la gorge à l'estomac. Ça fait du bien par où que ça passe !

Comme un sot je l'imitai. Je sentis un trait de feu me descendre dans l'estomac, la gorge me brûler et les larmes me monter aux yeux. L'abominable breuvage me fit ensuite tousser à perdre haleine. Je sentis des mains me taper dans le dos, ce qui n'arrangea pas les choses, puis dans une sorte de brouillard j'entendis la voix de Lucie :

– Josic, Josic, oh mon Dieu !

Puis celle de Jambe de Chien furieuse :

– De quoi se mêle cette péronnelle ? Ho, la mère, ramasse ta souillon !

Je m'étais assis sur un banc qui tanguait sous mes fesses. Je vis la silhouette de Lucie passer derrière le comptoir, j'entendis les deux claques sonores que lui donna la veuve. L'estomac me brûlait toujours, une sueur froide me glaça le front et je perdis connaissance. Je sentis qu'on me transportait et je me retrouvai, toujours plus qu'à demi inconscient, allongé sur la terre battue dans l'arrière-boutique de la taverne.

Au-dessus de moi des silhouettes qui me parurent gigantesques se mouvaient. J'entendis la voix de la veuve :

– Il a son compte ce sale petit espion !

Puis la voix de Valentin Lamour :

– Que va-t-on en faire ?

Et la veuve de lui répondre avec un rire mauvais :
– Il n'y a qu'à le fiche à l'eau. Demain on le retrouvera noyé au fond du Moros. Dix personnes témoigneront qu'il était saoul perdu. On pensera qu'il est tombé à l'eau...

En entendant ces paroles affreuses j'essayai de me relever.
– Tiens, dit la veuve en me donnant un coup de pied, le voilà qui revient à lui. Valentin, donne-lui donc un autre verre, ça va le calmer. Il faudra attendre que la boutique soit fermée pour lui régler son compte.

Je me sentis empoigné par-derrière et on m'assit de force sur une chaise. Des doigts d'acier me maintenaient les poignets dans le dos. Je me secouai avec l'énergie du désespoir pour tâcher de me libérer. Alors Valentin me prit aux cheveux et je ne pus bouger ni tête ni bras. Je serrai les dents autant qu'il me fut possible de le faire, mais la veuve me pinçant le nez entre ses doigts, je dus ouvrir la bouche pour respirer et elle en profita pour me vider dans la gorge un second verre de rhum. À nouveau je sentis un trait de feu dévaler dans mes entrailles tandis que du rhum me coulait sur le menton et le long du cou. J'eus un hoquet, je crus que j'allais vomir, mais à nouveau je sombrai dans l'inconscience et on me laissa tomber par terre comme un paquet de linge sale.

Mon évanouissement fut très bref, mais je

me sentais sans force, incapable de bouger, malade comme je ne l'avais jamais été.

– Y aura pas d'embrouilles ? demanda Jambe de Chien, quand on découvrira le corps ?

– Mais non, dit la veuve, qui veux-tu...

– La petite...

– Elle ne dira rien !

Le ton était catégorique, la veuve paraissait sûre d'elle, mais Jambe de Chien ne se satisfaisait pas de cette solution.

– Le marquis a recommandé, dit-il, de ne pas se faire remarquer et ça risquerait d'attirer l'attention sur ta maison. J'ai une meilleure idée. Comme je dois partir pour Nantes demain matin, je vais l'embarquer. Au passage je le déposerai sur le Gibraltar. Il voulait être matelot, à la bonne heure, là-bas ils sauront le dresser ! Comme ça on ne retrouvera pas son corps et il n'y aura pas d'enquête.

– Si tu penses que c'est mieux, dit Valentin, faisons ainsi. Dès que la taverne sera vide, nous le transporterons à bord. Je retourne à ma partie. Tu viens la veuve ?

J'entendis la porte grincer et dans un demi-coma, la taverne se vider. J'étais si faible que j'avais du mal à bouger la tête. Au prix d'un effort surhumain, je réussis enfin à me retourner à moitié. Alors je sentis un pied se poser sur moi et Jambe de Chien me dit à mi-voix :

– Bouge pas mon mion, j'ai deux pouces d'acier à te mettre dans la gorge si tu remues seulement le petit doigt. Et comme il le disait, je sentis le froid de son redoutable couteau sur ma gorge.

Terrifié, je m'immobilisai. Nous restâmes ainsi pendant un temps que je ne saurais estimer. Au bout d'un moment, l'alcool aidant et malgré mon inconfortable situation, je dus m'endormir. Puis je sentis qu'on m'empoignait et qu'on me portait au-dehors. Jambe de Chien me tenait aux épaules et Valentin Lamour aux pieds tandis que la veuve allait en éclaireur reconnaître la voie. L'air vif de la nuit me réveilla, mais j'étais encore très faible. Ah, que n'étaient-ils là les matelots qui étaient intervenus lorsque mon père m'avait giflé ! Que n'étaient-ils là pour venir demander des comptes à ces trois crapules ! Mais la nuit était noire, les rues vides. On me jeta sans ménagement à bord d'un canot où Jambe de Chien monta à son tour. La veuve lui passa son sac de voyage et il dit aux deux autres en chuchotant :

– Je vais appareiller tout de suite. Le courant porte au large. Dans une heure les sardiniers vont partir, il vaut mieux que je prenne de l'avance.

Il remonta les béquilles du bateau puis se mit à godiller pour prendre le courant dans le mitan du chenal. J'entendis comme dans un rêve la grêle cloche de l'église sonner six coups et, le soleil se levant, les goélands sortir de leur torpeur.

J'eus alors un moment de désespoir. C'en était fini, je ne reverrais plus ma mère, mon père, mes chers frères et sœurs. Fini Concarneau, cette ville que j'aimais tant... Adieu mon vieux Zaccharie. Tu m'avais pourtant mis en garde contre ce maudit Jambe de Chien ! Ah, jamais tu ne sauras ce qui m'est arrivé. Et Lucie, cette chère Lucie qui m'aimait tant, qui avait voulu m'empêcher de boire, ce qui lui avait valu d'être châtiée par la veuve. Je me mis à pleurer à gros sanglots sur mon pauvre destin.

Jambe de Chien s'en aperçut et se moqua :

– Qu'est-ce que c'est qu'ce matelot qui pleure ? Et pourquoi qu'tu pleures d'abord mon mion. Tu devrais être content, après tout, ce vieux Jambe de Chien t'a sauvé la vie. La veuve, elle, voulait t'balancer dans l'port. À c't'heure tu d'vrais être mort mon mion !

Tout en parlant, il établissait sa voilure. Il avait sorti le bout-dehors et le bateau pour le moment était sous foc seul. Avec des han ! de bûcheron, il se mit à hisser la grand-voile et je pus voir à cette occasion l'énergie extraordinaire qui se dégageait de ce grand corps maigre. La voile claqua en prenant le vent et Jambe de Chien borda son écoute. Nous avions passé la bouée du Cochon et, poussés par une bonne brise de nord-est, nous faisions cap au grand largue sur la pointe de Trévignon.

Zaccharie avait eu raison, le bateau du forban était bon marcheur et il s'y entendait à la manœuvre. La mer était assez forte et le mouvement des houles que nous prenions pratiquement vent arrière ne tarda pas à me soulever le cœur.

Je me redressai, là-bas sur le ciel rose de l'aurore, vers Concarneau, la flottille des voiles brunes appareillait. Parmi eux il y avait le Sainte-Anne, la chaloupe de mon père où le petit Sauban avait pris ma place comme mousse. Il y avait aussi petit Ru et grand Ru, Fidèle Droalin, Eustache Guillou, Yves-Marie Le Dars, Vincent Herlédan, Pierre Le Car, Henry Gourlaouen, Gabriel Le Maître et combien d'autres. Je les connaissais tous, j'aurais pu citer le nom de leur bateau, de leur équipage, même de leurs femmes et de leurs enfants. C'était mon pays que je quittais, je voyais la plage blanche du Cap-Coz, et au-dessus de la Forest de Fouesnant, les champs verts et jaunes se découpant comme une mosaïque. J'étais emporté par un traître qui allait me livrer aux Anglais. Peut-être passerais-je moi aussi pour un traître qui était allé délibérément servir l'ennemi. Une nausée me souleva. Je me penchai sur le bastingage pour vomir à longs traits.

À la barre, Jambe de Chien riait de tout son cœur en me voyant en cette piteuse posture. Quand j'eus fini de vomir, de longs spasmes douloureux me secouèrent encore puis, après que je me fus passé le visage à l'eau de mer, je me sentis nettement mieux.

Je m'assis au pied du mât et considérai Jambe de Chien. Pieds nus, il fumait sa pipe paisiblement en barrant son bateau, bien calé contre son banc.

J'eus un moment la tentation de le supplier de me ramener à terre, de ne point me donner aux Anglais, mais je savais d'avance que c'était peine perdue. Cet homme était inaccessible à la pitié. D'ailleurs, peut-être que ses maîtres lui donnaient une prime quand il leur amenait une recrue. Le supplier serait m'humilier pour rien.

Alors à mon abattement succéda une froide colère. Je n'allais tout de même pas me laisser mener comme un mouton à l'abattoir. Le fait que j'aie en vomissant éliminé ce maudit rhum qui m'avait joué un si mauvais tour avait purifié mon organisme. À nouveau je me sentais bien, à nouveau je me sentais fort et l'air de la mer avait achevé de me réveiller.

Ces sentiments durent transparaître dans mon attitude car Jambe de Chien, qui m'observait derrière ses paupières mi-closes, ricana :

– Hé, il paraît que notre jeune gambi va mieux ! Il a retrouvé ses couleurs et ses yeux me lancent des pistolades. Cherche pas à faire le Jacques avec moi mon mion.

De derrière son dos il sortit son poignard et le planta entre ses jambes dans le plancher où il vibra longuement.

– As-tu vu ce que je sais faire de cet instrument mon mion ? me dit-il avec un sourire sinistre. As-tu vu comme je pique le roi de cœur à dix pas, même quand je suis saoul ? N'essaie pas de jouer au plus malin avec Jambe de Chien, avant même que tu aies mis un pied devant l'autre, tu aurais cette bonne lame dans la gorge.

Furieux d'avoir été percé à jour, je me rencoignai sans rien dire, cherchant un autre moyen de fuir mon tourmenteur. À bâbord la côte désertique de Trévignon défilait ; nous courions toujours grand largue et il était à prévoir que Jambe de Chien allait tirer un bord quand on en serait à frôler la côte pour repartir près bon plein vers Penfret. À ce moment, peut-être pourrais-je me jeter à l'eau et regagner la côte à la nage. Mais ce démon semblait lire en moi à livre ouvert.

– N'espère pas non plus t'échapper en te jetant à la mer maudit castor, tu serais encore plus facile à percer flottant sur l'eau. Reste bien sage si tu veux vivre.

Devant lui, fichée dans le bois, brillait la lame du coutelas auquel le lourd manche de rohart imprimait un balancement sinistre, comme si l'arme eût été animée d'une vie propre. Je me redressai à demi. L'étrave de la Mouise fendait l'eau bouillonnante comme un soc.

– Ne bouge pas ! dit la voix coupante de Jambe de Chien.

Je sentis qu'il était inquiet, que la proximité de la côte était pour lui une menace et donc pour moi la dernière chance de salut. Une fois le virement de bord effectué, nous nous éloignerions rapidement vers Penfret et c'en serait fait de moi.

C'est alors que j'eus une idée de génie. La drisse qui étarquait la grand-voile, apiquée sur une corne, était amarrée au bordage à portée de ma main. Ainsi qu'il est d'usage, elle était fixée au taquet par un nœud qui se libérait d'une simple traction pour qu'en cas d'avarie on puisse l'affaler rapidement. Ce nœud portait le nom prémonitoire de « nœud d'évadé » ou encore « nœud de cul-de-sac » pour raison qu'il était utilisé afin de fermer la poche de la drague quand les bateaux pratiquaient cette pêche en hiver. Extrêmement solide tant que le grelin était en tension, il se défaisait aussitôt qu'on tirait son bout libre.

Jambe de Chien ne me quittait pas des yeux, soucieux. Il lui fallait maintenant virer de bord impérativement. D'un geste résolu il poussa la barre à fond faisant volter le canot et la voilure, qui se trouva un instant bout au vent, se mit à battre follement. C'est à ce moment que je tirai sur la drisse et la voile et sa corne, libérées de leurs amarres, s'abattirent sur le pont à grand fracas, recouvrant Jambe de Chien. Le maudit congre avait de la ressource. Tel un fauve il bondit de côté, évitant de justesse le lourd espar mais se trouva tout de même empêtré dans la voile. J'allais plonger tête première mais nous étions déjà sur les récifs. Le bateau voguait mollement, au gré des flots, seulement poussé par son foc, en travers de la lame.

Sous sa prison de toile, Jambe de Chien se débattait en jurant avec fureur. Soudain je le vis surgir le couteau à la main, une lueur de folie dans les yeux. Il leva le bras. La lame scintilla dans le soleil levant et il jeta son arme avec une force prodigieuse. Pour mon bonheur, le bateau talonna juste au moment où il m'ajustait et ce choc, qui le déséquilibra, fit que le poignard vint se ficher en vibrant dans le mât, à quelques pouces de ma tête.

Il s'affala de tout son long sur le plat-bord en jurant de nouveau abominablement. Quant à moi, je ne perdis pas de temps, j'arrachai à grand-peine le coutelas du mât et je sautai à l'eau du côté opposé aux rochers puis, mettant la lame entre mes dents, je me mis à nager de toutes mes forces vers le rivage.

Quand je pris pied sur le sable de la plage, Jambe de Chien tentait de se dépêtrer du mauvais pas dans lequel je l'avais précipité, en jurant comme un damné. Le vent me portait par bribes ses blasphèmes et ses malédictions. Le canot talonnait, poussé par la houle ; j'entendais de la plage le choc sourd de la coque heurtant la pierre et je voyais le moment où, la marée descendant, il allait se trouver échoué sur le plateau rocheux.

Mais, je l'ai dit, le scélérat était un marin de toute première force. Bordant son foc à contre, il fit culer le bateau pour se dégager des rochers, puis avec une promptitude inouïe, il hissa la grand-voile en ahanant, remit la drisse au taquet, courut à l'arrière, redressa la barre en bordant sa grand-voile à plat.

Le bateau parut hésiter, puis il prit le vent au près serré et lentement se dégagea de la côte. Encore une fois, Zaccharie avait raison, la Mouise était taillée pour les allures de près.

Quand le bateau eut prit son erre, le forban se retourna vers la plage. J'étais assis sur le sable à la lisière de la mer et j'essorai du mieux que je pouvais mes vêtements dégoûtants d'eau. Il brandit le poing en proférant des menaces dont je me moquais bien désormais, et pour bien lui montrer tout le cas que j'en faisais, j'agitais, par défi, la lame du coutelas que je lui avais pris, la faisant miroiter dans le soleil.

Il vomit alors un torrent d'injures et vira de bord pour revenir vers moi. L'inquiétude me reprit bien que je ne crusse pas qu'il eût l'intention d'aborder. Néanmoins je remontais la grève jusqu'à la limite de l'estran. Bien m'en prit car le scélérat me coucha en joue avec un mousquet et tira. La balle vint mourir dans l'eau à quelques mètres de moi.

À nouveau j'entendis ses injures mais il dut virer de bord car il s'approchait dangereusement des roches. Cette fois il put le faire sans risque puisque je n'étais plus là pour contrarier ses desseins. J'entendis la grand-voile faseyer puis claquer comme un coup de canon lorsqu'elle prit le vent. Une nouvelle et dernière fois il leva le poing au ciel et hurla des insanités. Puis il s'éloigna rapidement vers Penfret, laissant derrière lui un profond sillage d'écume.

Désormais j'étais seul sur la palue désolée de Trévignon. Je me déshabillai entièrement, mis mes vêtements à sécher sur la dune et, la faim me tourmentant, je descendis dans les roches où, avec le couteau de Jambe de Chien, je cueillis des bernicles dont je fis mon repas.

Quand j'eus quelque peu apaisé mon estomac, le soleil était haut dans le ciel. Je remis mes vêtements à peu près secs et, écrasé par toutes ces émotions, je m'étendis dans un creux de dune, mon large béret sur le visage. Je sombrais bientôt dans un sommeil profond.

La dune de Kerouini

Quand je me réveillai, mon estomac, qui avait promptement expédié les bernicles, réclamait à nouveau et j'avais la gorge aussi sèche qu'un vieux parchemin. L'eau de mer que j'avais absorbée avec les mollusques faisait son effet et le soleil auquel j'étais resté exposé si longtemps m'avait desséché comme une sardine pressée. Maintenant la marée était haute et il était hors de question d'aller chercher d'autres coquillages.

Je me dirigeai donc vers les terres en évitant les touffes de chardon bleu qui auraient pu blesser mes pieds nus, espérant trouver un pommier sur mon chemin. Sur un monticule je me repérai : j'étais à l'extrémité nord de ce vaste étang qu'on nomme Pencorch, à environ une demi-lieue du village de pêcheurs de Trévignon.

Je me précipitai vers l'eau et, me couchant dans les roseaux, je bus à longs traits. Il me parut qu'elle était vaguement saumâtre, mais j'avais si soif que j'aurais bu n'importe quoi. Je sus par la suite que lors des tempêtes d'hiver, la mer brisant le fragile cordon dunaire envahissait parfois ces étangs. Ça n'empêchait pas des milliers d'oiseaux d'y nicher, canards, tadornes, hérons qui s'envolèrent devant mon intrusion avec des grands cris outragés. Je ne fus pas long à repérer des nids dont je pris les œufs pour les gober avidement.

Après ça, je me sentis ragaillardi. Mes vêtements étaient complètement secs, ma faim et ma soif légèrement apaisées, il ne me restait plus qu'à longer le rivage pour rejoindre Lanriec, à traverser le chenal dans lequel était mouillé le Vétéran, et ainsi retrouver la ville close.

Dans la baie il n'y avait plus une seule chaloupe, ce qui indiquait que midi était passé depuis longtemps puisque les bateaux étaient déjà rentrés au port. Arriverai-je à Concarneau avant la nuit ?

Je ne m'étais jamais aventuré si loin sur la palue de Trévignon, je ne la connaissais pas pour l'avoir vue de la mer. C'est une côte sauvage couverte de landes inextricables où personne n'habite. Derrière la dune s'étendent de vastes étendues d'eau marécageuses qui sont le royaume de toutes sortes d'oiseaux et de sauvagines mais où un chrétien serait bien en peine de subsister tant le sol aride est impropre aux cultures. Parfois émerge de ce fouillis végétal un énorme bloc de granit qu'on dirait posé là, on ne sait pourquoi, par la main d'un géant.

Après avoir marché au long de la dune pendant une paire d'heures, j'arrivai à la ferme de Pendruc que je reconnus, car un de ces énormes blocs de granit dont j'ai parlé tout à l'heure, situé sur un monticule au bord de la mer, était chaulé en blanc, et constituait un amer pour les navires arrivant à Concarneau.

Comme j'étais à demi mort de faim, je voulus m'y arrêter pour mendier un quignon de pain, mais du plus loin qu'il me vit, le paysan se mit à brailler des menaces en brandissant une fourche. Il fit même mine de découpler ses chiens, deux vilaines bêtes noires qui, la bave aux dents, hurlaient en secouant leurs chaînes. Je ne comprenais pas la raison de cette hostilité, mais, compte tenu de l'accueil, je jugeai prudent de tirer au large.

Je sus plus tard que, poussés par la famine, des gens de Concarneau étaient venus nuitamment en chaloupe accoster la grève pour dérober des pommes de terre dans les champs. Depuis, les cultivateurs du littoral voyaient, en tout ce qui portait de près ou de loin une vêture de marin, un pillard en puissance.

Pour ces mêmes raisons, je reçus un accueil semblable à la ferme de Pouldohan. Heureusement je trouvai sur mon chemin un pommier couvert de fruits encore verts. Sans faire la fine bouche j'en remplis mon béret et je pus de nouveau, avec cet expédient, calmer ma faim.

Il se trouvait à ce moment que le bras de mer de Pouldohan me barrait le passage. Ce bras qui s'enfonce profondément dans les terres jusqu'à la hauteur du bourg de Trégunc rallongeait mon parcours d'au moins deux lieues. Si la marée avait été haute, j'aurais pu aisément emprunter un canot pour le franchir, voire le traverser à la nage. Mais elle était basse et il ne subsistait plus du plan d'eau qu'une large étendue de vase molle où il était aisé de s'enfoncer jusqu'à la taille et de périr noyé. Il me fallait donc le longer et rattraper la route qui va de Concarneau à Trégunc. Je m'y résolus, me disant que sur la route je marcherais sans obstacle, ce qui me ferait gagner du temps.

Toujours croquant mes pommes, j'allais mon chemin. Le soleil commençait à se coucher et il était maintenant certain que j'aurais du mal à regagner la maison avant la nuit. À nouveau il me faudrait encourir les reproches de ma mère, mais après les dangers auxquels j'avais été exposé en cette journée, ce risque me paraissait de bien piètre importance.

Quand j'eus rejoint la route, il me sembla que j'étais presque chez moi. Encore une demi-lieue et je verrai le passage Lanriec, et, de l'autre côté du Moros, mon univers familier :

les hautes murailles de la ville close que ce matin même j'étais persuadé ne plus jamais revoir, la silhouette du Vétéran... Arrivé là, il me serait facile de trouver un canot pour traverser. Je commençais à me sentir fatigué et je rêvais de mon lit comme de la seule chose désirable en ce bas monde.

D'ailleurs je devais déjà être à demi endormi, marchant comme un somnambule, car je n'entendis pas arriver la charrette. La route était étroite et au dernier moment, je dus me jeter au fossé pour ne pas me faire écraser. Elle allait bon train et le cheval effrayé fit un écart. Le cocher jura, et tirant sur les rênes, calma sa bête prête à prendre le mors aux dents. Avec une agilité stupéfiante il sauta en voltige de son banc, saisit l'animal par la bride et, pour l'apaiser, se mit à lui parler en breton.

En entendant cette voix, je restai pétrifié. Il n'y avait qu'un homme au monde pour parler ainsi à un cheval, et cet homme c'était Per Yann. Mon Dieu, je n'avais de la journée rencontré âme qui vive hors les paysans belliqueux et il fallait, alors que j'avais mon gîte et mon couvert à portée de la main, que je trouve ce maudit marquis et son âme damnée sur mon chemin. Je sentis à nouveau le désespoir m'envahir. Je ne m'en sortirais donc jamais ?

Le marquis, furieux d'avoir été brutalement stoppé dans sa course, donna à Per Yann un ordre en breton. Je l'ai dit, c'est une langue que je ne parlais pas couramment mais, comme disent les vieux, je la comprenais cependant assez pour n'être pas, à mon insu, vendu au marché. Il prescrivait ni plus ni moins au valet de me donner deux ou trois bons coups de fouet pour m'apprendre à couper la route à un homme de sa qualité.

Je n'avais, on le comprendra, pas plus envie d'être reconnu de ces gens que de recevoir des coups de fouet. La peur me donnant des ailes, je bondis de mon fossé et détalai sur la route. Le juron que poussa le chouan m'apprit que j'étais démasqué. Il se précipita à ma poursuite, faisant des enjambées qui couvraient deux fois les miennes. Je me sentis saisi au collet, quasi soulevé du sol, et ramené à la charrette.

Dans le crépuscule le marquis me considéra avec curiosité :

– Tiens donc, fit-il d'une voix faussement paterne qui me donna la chair de poule tant elle contenait de méchanceté cachée, notre jeune ami de l'auberge ! L'amateur de rhum ! Je le croyais parti en croisière avec ce forban de Jambe de Chien. Comment es-tu là ? demanda-t-il en durcissant le ton.

Je fis le sot :

– Comment là ?

Il s'impatienta :

– Ici, sur cette route, à cette heure, quand tu devrais être aux fers sur le Gibraltar au large de Penfret !

Comme je ne répondais pas, la poigne de Per Yann me secoua et il se mit à grogner comme un fauve affamé. J'avais tant peur de cet homme que je dis tout de go :

– Jambe de Chien m'a libéré. Il m'a jeté à l'eau à Trévignon et je suis rentré à pied.

Le marquis se rassit sur son banc sans cesser de me considérer :

– Il t'a libéré, dis-tu.

– Oui monsieur.

La poigne de Per Yann me secoua de nouveau et le marquis me dit :

– Per Yann n'aime pas les gens impolis. Quand on s'adresse à moi, on dit, oui monsieur le Marquis.

Dans mon dos une nouvelle bourrade ponctua cette phrase. Il poursuivit :

– Et pourquoi t'aurait-il libéré ?

– Je ne sais pas, il aura eu pitié, monsieur le Marquis...

Le marquis eut un rire sans joie :

– Tu dis n'importe quoi mon garçon. Si tu m'avais dit : « Je lui ai donné de l'or... » ou encore : « Je l'ai assommé pour m'enfuir... », peut-être aurais-je été fondé à te croire. Mais essayer de me faire avaler que Jambe de Chien est accessible à la pitié, à d'autres ! C'est un homme à égorger père et mère pour un liard ! Qu'as-tu fait de lui ?

La voix avait perdu toute son onctuosité pour devenir impitoyable.

– Il est parti, balbutiais-je.

– Comment ?

– Sur son bateau, monsieur le Marquis.

– Tu mens !

Chaque fois qu'il ouvrait la bouche, Per Yann me secouait comme un prunier.

– Je vous le jure monsieur le Marquis, il est parti vers Penfret !

À force de me malmener, Per Yann avait fini par sentir sous ma vareuse quelque chose de dur. C'était le couteau de Jambe de Chien que j'avais passé dans ma ceinture. Il me l'arracha et le montra au marquis avec un grognement de mauvais augure.

Le marquis considéra le couteau avec stupéfaction.

– Ainsi donc, dit-il avec une sorte de respect, tu as liquidé Jambe de Chien ! Mes compliments, mon garçon, la tâche n'était pas à la portée du premier venu. Bien d'autres que toi s'y sont essayés pourtant...

– Je ne l'ai pas tué, protestai-je.

– À d'autres, dit le marquis. Comment pourrais-tu être en possession de son couteau si tu ne l'avais pas tué ? Jamais autrement que mort Jambe de Chien ne s'en serait dessaisi ! Il y tenait plus qu'à la prunelle de ses yeux !

– Puisque je vous dis que je ne l'ai pas tué, fis-je d'une voix lamentable.

– Per Yann..., dit le marquis avec une mimique explicite.

Dans mon dos Per Yann eut un grognement satisfait. Il laissa tomber le couteau du forban sur le chemin et prit dans ses braies une lame courbe, une sorte de serpe luisante, sans doute l'arme avec laquelle il avait égorgé La Garcette.

Cette fois c'était mon tour. Mais pour dégager sa lame de sa ceinture, le chouan avait dû un instant desserrer son étreinte. Je ne laissai pas passer ma chance et plaçai le plus beau *lamm* de toute ma carrière. Per Yann surpris tomba de tout son haut, le dos sur la pierre dure de la route où il resta un instant étourdi.

– Par la Mordieu ! hurla le marquis en fouillant dans ses fontes, fou de rage, ce gamin est donc le diable ?

Il en sortit un pistolet qu'il arma et braqua sur moi. Mais dans le même temps, j'avais ramassé le couteau de Jambe de Chien et d'un geste irréfléchi je l'avais piqué dans la cuisse du cheval.

Le pauvre animal, qui, indifférent à l'agitation qui l'entourait, paissait paisiblement l'herbe du fossé, poussa un hennissement éperdu sous l'effet de ce traitement injuste auquel il n'était pas habitué, se cabra, rua et piqua des deux, emportant charrette et marquis, lequel roula cul par-dessus tête derrière sa banquette, déchargeant au passage son arme dans la capote de sa voiture.

Sans attendre mon reste, je pris mes jambes à mon cou dans l'obscurité qui tombait. Je ne doutais pas que, dès que Per Yann eût retrouvé ses esprits, il partirait à ma recherche et que, s'il me rattrapait, je n'aurais pas de deuxième chance ; alors escaladant le talus je courus à travers champs. Au bout de vingt pas je me heurtai à une meule de foin et il me parut que nulle part je ne pourrais, pour cette nuit, trouver meilleure couche.

Je l'escaladai et m'y creusai un nid moelleux où le sommeil me terrassa.

La Belle-Gabrielle

Je fus réveillé à l'aube par des voix rauques qui venaient du chemin où la veille je m'étais heurté au marquis. Je soulevai un peu la paille et sortis prudemment le bout de mon nez. Il y avait là une douzaine de jeunes hommes, probablement des valets de ferme, vêtus à la manière des paysans de Trégunc. Le marquis, un bras en écharpe et un bandeau sur la tête, leur expliquait ce qu'il attendait d'eux, appuyé sur une canne : pour lui je m'étais terré dans quelque fourré en attendant le jour et j'allais dès mon réveil tenter de rallier Concarneau. Il fallait donc coûte que coûte me couper la retraite.

Avait-il expliqué à ces paysans bornés pourquoi il voulait ma peau ? J'en doutais. D'ailleurs, ces brutes n'en avaient que faire. Il leur avait probablement tout simplement promis la pièce s'ils m'attrapaient et la perspective de pouvoir faire les farauds auprès des filles au prochain pardon de Lanriec suffisait amplement à stimuler leur zèle.

En attendant ma situation ne s'améliorait pas. Désormais la route de Concarneau m'était coupée. Tous ces garçons de ferme connaissaient les moindres sentiers des alentours comme je connaissais moi le moindre caillou de la passe de la Médée à Men Fall. Ils allaient me guetter et, si je tentais de rejoindre Lanriec, m'attraper sans coup férir. Ils tenaient tous à la main leur terrible *pen baz*, ce gourdin de houx à bout ferré, l'arme par excellence des paysans dont le bois noueux durci à la flamme pouvait, d'un seul coup, éclater un crâne humain comme une vulgaire noix.

Ils s'élancèrent, menés par Per Yann promu stratège de cette étrange troupe. Le marquis demeura seul avec un gros homme d'âge mûr qui devait être un fermier des environs. De ma cachette, j'entendais leur conversation comme s'ils eussent été tout près de moi.

– Comprenez bien, disait le marquis à son interlocuteur, en aucun cas il ne faut que cet enragé puisse rentrer à Concarneau. Il sait trop de choses sur notre organisation en cette ville. S'il cause, la veuve risque d'être inquiétée et, vous le savez, sa taverne est un poste d'observation capital.

– Mon cher Marquis, lui répondit l'autre, je crois que vous vous inquiétez pour rien. Rassurez-vous, s'il parle, et rien ne nous dit qu'il parlera, qui pourra croire les affirmations de cet enfant ?

– C'est ce que je me disais aussi, dit le marquis soucieux, mais tout de même, il a démasqué le capitaine Le Rumeur, le contraignant à nous trahir. Il a reconnu Per Yann, il a réussi à échapper successivement à Jambe de Chien et à Per Yann, ce qui n'est pas un mince exploit. Tout gamin qu'il soit, je le tiens pour un adversaire dangereux. Je ne serai vraiment tranquille que lorsque je le verrai mort...

Il prononça ces derniers mots sur un tel ton qu'à nouveau j'en eus la chair de poule. Pour moi, il ne ferait pas bon tomber entre les mains de cet homme-là ! Chaque fois qu'il faisait un mouvement, il grimaçait de douleur. Il avait dû être sévèrement secoué quand le cheval avait pris le mors aux dents.

– Soyez tranquille monsieur le Marquis, dit l'autre avec déférence, le passage va être verrouillé de telle sorte que même un renard ne passerait pas... Mais, venez donc à la ferme, nous y serons mieux pour attendre les nouvelles.

Il lui offrit le bras et je les vis s'éloigner dans le chemin cahin-caha. Le bruit de leur conversation s'évanouit comme ils disparaissaient au détour du chemin ; je n'attendis pas mon reste pour dévaler prestement de ma meule. Il ne me restait qu'une chose à faire : retourner vers Trévignon le plus vite possible, pendant qu'ils m'attendaient de l'autre côté, et mettre de la distance, le plus de distance possible entre eux et moi.

Je repris donc le chemin que j'avais fait la veille, mais si j'avais pris la première fois le temps de musarder, cette fois je ne m'attardai pas à contempler le paysage.

Je refis une nouvelle provision de pommes que je dévorai tout en trottant. Je bus tout mon saoul à l'étang de Louargal, dénichai encore quelques canes pour gober leurs œufs et m'approchai du village de Trévignon. Je commençais à en avoir assez de ce régime car les pommes vertes m'avaient occasionné des douleurs d'entrailles qui me forçaient à m'arrêter plus souvent que je ne l'aurais voulu.

Cependant j'étais très circonspect à l'endroit des habitants de Trévignon qui passaient auprès des Concarnois pour des gens farouches et peu sociables. Certains les appelaient même « les sauvages ». D'ailleurs, ne fallait-il pas l'être pour vivre sur ce promontoire désolé, abandonnés de tous, même de Dieu ? Pas une chapelle, pas une croix, mais une demi-douzaine de maisons basses, couvertes du chaume des marais, et dans la crique, quatre petits bateaux mouillés. Ces pêcheurs recherchaient les crabes et les homards. Ils les pêchaient dans de vastes nasses d'osier tressé dans lesquelles ils disposaient des poissons morts en guise d'appât.

La marée était basse et l'immense plateau rocheux qui s'étend à la pointe était totalement découvert. Pour changer de menu, j'allais manger des bernicles. Dans la baie, une multitude de voiles brunes faisait route vers Concarneau, poursuivies par une nuée de goélands. À nouveau je songeai à mon père qui était parmi elles. Ah, si j'avais pu l'avertir, il eût tiré un bord vers la pointe et m'aurait embarqué. Deux heures après j'étais à la maison. Hélas ! Comment aurait-il pu savoir que son fils était en détresse à la pointe de Trévignon ?

Là-bas, sur les étangs, il y eut un remue-ménage suivi d'un envol brusqué de tous les palmipèdes nichant dans les roseaux. Je scrutai les dunes, subitement en alerte. Si ces oiseaux s'envolaient, c'est que quelqu'un les avait dérangés. Je vis d'abord deux chiens noirs qui aboyaient furieusement, ceux-là même qui m'avaient menacé à la ferme de Pendruc. Per Yann avait dû les réquisitionner pour se lancer sur ma piste. Puis je vis le chouan. Il avait remis cet habit qu'il portait la première fois que je l'avais rencontré, c'est-à-dire son grand chapeau de paludier, sa peau de bique, son *bragou braz,* ses chaussures à guêtres de cuir. Je voyais même, tant il se rapprochait rapidement, le Sacré-Cœur rouge sur la chemise blanche.

Le maudit ! Il avait retrouvé ma piste. Il est vrai que dans ma naïveté, je l'avais marquée plus sûrement que le Petit-Poucet de ses cailloux blancs, je l'avais marquée de mes trognons de pommes et de mes fientes.

Il me restait à me réfugier dans l'immensité du chaos rocheux que le jusant avait découvert. Il y avait là des milliers de cachettes où jamais les chiens ne pourraient trouver de voie. Me dissimulant derrière les grosses roches, je rampai au plus bas de l'estran, là où les longues laminaires abandonnées par le flot couvrent la roche d'un tapis brun et doux. Une âcre odeur de marée basse succéda aux senteurs douceâtres du marais. Je me retrouvais dans mon élément, le monde de la mer, que j'avais sottement abandonné pour courir des chemins de traverse dans une campagne hostile.

De temps en temps, j'entendais la fuite éperdue d'étrilles surprises, le claquement caractéristique de la queue du homard alarmé par ma présence, s'enfuyant dans les insondables tunnels enfouis sous les énormes rochers, bruits familiers que j'identifiais immédiatement tandis qu'à la campagne le glapissement d'un renard en chasse ou le hululement d'une chouette me plongeaient dans l'angoisse. Je m'amusais dans les trous d'eau, à prendre à la main par leurs antennes de grosses crevettes roses que je mangeais toutes crues. Autour de moi les goélands gris au bec jaune me contemplaient d'un œil indifférent. De par mon comportement, j'étais un des leurs, un de ces étranges animaux à deux pattes qu'ils avaient l'habitude de voir quérir leur pitance dans le même jardin qu'eux. Je prenais bien garde à ne pas les effaroucher car un envol brutal de leur part eût pu signaler ma position à Per Yann.

Pour le moment, le chouan était toujours sur la dune. Il y avait avec lui un valet de ferme qui tenait les chiens en laisse. Je vis le chouan frapper aux portes des maisons. Il devait s'enquérir de ma présence, mais personne ne devait m'avoir vu, et quand bien même ils m'auraient aperçu, j'étais persuadé qu'ils n'en diraient mot au chouan, tant était forte leur prévention contre les inconnus. Après tout, j'étais comme eux un homme de la mer et ceux qui me recherchaient étaient des paysans. Des paysans qui cherchaient un matelot, et certainement pas pour lui faire du bien. Une sorte de solidarité diffuse leur interdirait de les renseigner.

J'avais raison. Quand il eut visité les quatre chaumines, je vis Per Yann faire un geste de dépit. Il s'assit sur la dune et attendit. Il devait savoir que j'étais quelque part là-dedans, et aussi qu'à cet endroit il était impossible de me déloger, mais que d'ici à une heure ou deux une alliée de taille viendrait à son secours : la marée haute. À ce moment, je serais bien obligé de revenir à la côte.

Déjà sur l'eau des mares autour de moi flottaient des fragments de sable qui sont l'indiscutable signe de la renverse du flot. Sur la dune, Per Yann s'était levé. Je le vis donner des ordres à son compagnon, puis il s'en alla vers l'autre extrémité de la plage car l'amoncellement de roches était si étendu que de là où il était, il ne pouvait tout surveiller.

Pour mon bonheur, le valet était plus occupé à jouer avec les bêtes qu'à scruter la mer. Je me laissai glisser à l'eau tout habillé, puis je nageai jusqu'aux bateaux sans attirer son attention. Là je pus me hisser à bord par le côté caché sans qu'il me voie. Le bateau était encombré de nasses et empestait le poisson pourri. Qu'importe, j'étais à l'abri des regards et je pus me déshabiller pour, une nouvelle fois, faire sécher mes vêtements.

Je passai ainsi une bonne partie de l'après-midi. De temps en temps je jetais un coup d'œil prudent par-dessus le plat-bord et je voyais le chouan sur la grève. Le valet était parti avec ses chiens, mais Per Yann tenait toujours la piste.

Un peu avant l'étale de haute mer qui devait ce jour-là se situer à cinq heures de l'après-midi, un homme sortit d'une des chaumières et prit sur la grève une de ces petites embarcations plates qui servent aux marins dans les mouillages en rade à rejoindre leur bord.

Il la porta sur son dos jusqu'à l'eau, de cette curieuse façon qu'ont les marins de Beg-Meil et de Mousterlin et qui les fait ressember à d'étranges tortues à deux pattes portant une carapace de bois.

Je vis le chouan parlementer avec lui au bord de l'eau. Peut-être voulait-il venir jusqu'au bateau, car bien sûr il avait deviné que c'est là que je devais me cacher, tout autre possibilité étant exclue.

Mais, soit que la plate fût trop petite pour tenir deux passagers, soit que Per Yann, homme de la terre, manifestât comme beaucoup de ses semblables une grande méfiance à l'égard de la mer et des bateaux, seul le pêcheur embarqua et se dirigea vers les barques au mouillage en manœuvrant son petit canot à la godille.

Je le vis explorer les trois premiers et faire au chouan des signes indiquant qu'ils étaient vides, enfin il accosta au dernier, celui dans lequel je me trouvais. Je m'étais dissimulé du mieux que je pouvais derrière les nasses d'osier, mais le bateau était si petit qu'il ne faisait pas de doute que j'allais être découvert en un instant.

Je sus alors que pour sauver ma vie j'allais devoir accomplir un acte de piraterie. Je sortis le couteau de Jambe de Chien et le tins fermement. C'était un coutelas magnifique de fabrication anglaise, en acier de Sheffield, au manche en ivoire de morse sculpté, qu'on appelle encore le rohart. Une arme de prix, une arme redoutable... Il n'était pas étonnant que le forban y fût si attaché. À qui avait-il pu la dérober ? Peu importait car c'était moi maintenant qui la tenais, et qui la tenais par le bon bout.

Le pêcheur amarra sa plate à la bouée du corps-mort et monta à bord. C'était un vieil homme au corps cassé qui n'aurait pas dû, vu son âge, aller relever les casiers. Mais il m'apprit plus tard que ses fils servaient sur les vaisseaux de l'empereur et qu'il était seul avec sa femme, ses brus et six petits-enfants. Il ne restait que lui comme homme au foyer, et il fallait bien que quelqu'un fasse bouillir la marmite.

Je n'eus pas à le menacer beaucoup, mais il me demanda de rester caché le temps de mettre à la voile. Il fit à Per Yann resté sur la plage signe qu'il n'y avait personne à bord. Il voulait bien m'aider, mais sans que le chouan le sache, craignant à juste titre dans ce cas des représailles contre sa famille.

Je restai donc couché au fond du canot pendant que le vieux hissait difficilement la misaine de lourde toile brune. J'avais le cœur serré de le voir ainsi peiner sans pouvoir lui donner mon aide, mais sur terre, le chouan méfiant ne le lâchait pas des yeux.

Enfin le bateau prit son erre et nous partîmes vers l'île Verte (une île inhabitée sise à l'extrême pointe de Trévignon, reliée à la terre à marée basse), quartier où le pêcheur avait l'habitude de mouiller ses casiers. Quand nous fûmes hors de vue de la côte, je me redressai et demandai au vieux qui s'appelait Jackez Goascoz de me ramener à Concarneau. Mais il me fit valoir avec bon sens que la brise soufflait du fond de la baie et que son bateau ne remontant pas bien au vent, il nous serait fort difficile et fort long d'y accéder. Il me proposa plutôt de l'aider à remonter ses nasses après quoi il me déposerait à bord d'un chasse-marée qui se tenait à l'embouchure de la rivière Aven et qui portait la pêche au port de Lorient.

Je crois qu'il était surtout soucieux d'être débarrassé au plus tôt de mon encombrante personne.

Cet itinéraire m'éloignait fort de Concarneau, mais l'attrait de l'inconnu, l'envie de voir l'animation d'un port de guerre et aussi d'échapper au chouan l'emportèrent. D'ailleurs avais-je le choix ?

Le chasse-marée qui se tenait mouillé à l'embouchure de l'Aven avait pour nom la Belle-Gabrielle. Son patron était un gros homme nommé Amédée Berthou, ses matelots Fidèle Porzic et Ange Derrien s'occupaient à bord. Quand nous accostâmes, Ange Derrien, un homme d'une cinquantaine d'années aux cheveux blancs, allumait un feu sur un lit de sable et de galets tandis que Fidèle Porzic, un rougeaud aux bons yeux bleus sans malice, faisait une épissure plus pour occuper ses mains que par nécessité.

Le vieux m'avait présenté comme un voisin qui voulait aller à Lorient pour s'engager sur les vaisseaux de l'empereur et Amédée Berthou n'avait pas hésité un instant à me prendre à son bord. À l'époque cette pratique était des plus courantes, car les chemins étaient en si mauvais état et si peu sûrs que, de port en port, la voie de mer quand les Anglais le voulaient bien était infiniment plus commode.

Le vieux, ayant vendu sa pêche de homards et de tourteaux, était retourné à Trévignon. Quant au chasse-marée, il resterait mouillé jusqu'à l'aube en attendant de nouveaux arrivages. À la nuit tombante l'équipage se réunit à l'arrière du bateau où Ange Derrien avait, sur son feu, préparé la cotriade. Tout naturellement ces braves gens m'offrirent de partager leur pitance. Je ne me le fis pas dire deux fois, mon estomac vide depuis trop longtemps se tordait en crampes douloureuses et je dus prendre sérieusement sur moi pour ne pas me jeter sur la nourriture comme un goinfre.

Aujourd'hui encore je me souviens de ce repas comme l'un des plus beaux de ma vie. Nous étions tous les quatre assis autour du chaudron de fonte noirci par la fumée. Ange avait fait cuire un beau morceau de congre sur des pommes de terre et des oignons... Le patron taillait dans une énorme miche des tartines larges comme la main. De la pointe du couteau, nous découpions des morceaux de poisson que l'on étendait sur le pain et, avec une cuiller composée d'une petite coquille Saint-Jacques, emmanchée sur une tige de bois, nous prenions le délicieux bouillon qu'avaient rendu le congre et les légumes.

C'était ainsi que l'on préparait à manger sur les sardiniers lorsqu'il nous arrivait de cabaner et de passer la nuit aux îles.

Le patron offrit ensuite une tournée de cidre bouché puis il alluma une courte pipe de bruyère.

Quand les trois hommes furent rassasiés, je proposai mes services pour laver la marmite, ce qui me permit de sucer la dernière arête, de dévorer le dernier fragment d'oignon qui collait encore au récipient.

– Voilà un gaillard qui a de l'appétit, dit Amédée Berthou en riant.

– C'est que, dis-je confus, je viens de Concarneau et que là-bas la vie est dure.

Et je leur racontai la grande misère des pêcheurs empêchés d'exercer leur métier par l'Anglais et l'affreuse disette qui avait sévi en ce dernier hiver.

– Ah, dit Amédée Berthou en redevenant grave, la guerre est une chose terrible !

Il hocha la tête d'un air convaincu.

– Il n'est pas bon, poursuivit-il, que ce grand vaisseau reste ainsi amarré sous la ville close. Nous-mêmes, en rasant les cailloux, nous pouvons encore commercer avec Lorient, mais les ports de Quimper, de Concarneau, de Douarnenez nous sont fermés. Qui serait assez fou pour traverser l'escadre anglaise au risque de se faire arraisonner, de perdre sa cargaison et qui sait, sa vie !

Ses affaires de transport se trouvaient donc réduites par la faute de ces maudits Sauzons. En faisaient-ils du mal, ceux-là ! Amédée Berthou me décrivit ensuite l'intense activité qui régnait au port de Lorient. J'appris ainsi que l'escadre de Martinique n'avait pas encore pris la mer et que le commandant Le Bozec était toujours à Lorient, ce qui me réjouit fort. Je pourrais auprès de lui trouver conseil et réconfort. Je pourrais enfin lui raconter toute mon histoire, partager le fardeau de ce secret trop lourd pour mes jeunes épaules.

Berthou me regardait, rêveur, en tirant de courtes bouffées de sa pipe de bruyère.

– Ainsi, me dit cet excellent homme, tu veux servir dans les vaisseaux de l'empereur...

J'acquiesçai d'un hochement de tête.

– Ah, jeunesse, dit-il avec de la nostalgie plein la voix, jeunesse ! On ne rêve que d'aventures, de plaies et de bosses...

– Et aussi de voir du pays, dis-je d'une voix timide, de voir le monde.

– Le monde, dit-il en secouant sa grosse tête d'un mouvement qui lui était familier, pour ce qu'il est beau le monde ! Moi qui te parle mon garçon, me dit-il en me fixant dans les yeux, moi qui te parle j'ai vu les pauvres nègres embarqués comme des bestiaux en Afrique... Pour quoi ? Pour que leurs rois qui les vendent aient des colliers de pacotille à se mettre autour du cou. Pour que les capitaines nantais qui font la traite et leurs armateurs aient de somptueuses maisons sur le quai de la Fosse, enfin, pour que les colons du Nouveau Monde aient des esclaves à bon marché dans leurs champs de coton... Je n'ai vu que des riches devenir plus riches encore et les pauvres devenir plus pauvres... J'ai navigué sur les vaisseaux du roi où comme toi, jeune gambi, j'avais signé un engagement, ébloui par les beaux navires, par les beaux uniformes, par les belles parades. Mais à la mer, mon garçon, tout cela s'oublie. Il n'y a plus que des officiers cruels, des sous-officiers féroces, et davantage de coups de garcette à recevoir que de quarts de vin.

Il se tut, remâchant dans un nuage de fumée ses propos amers.

– Demande à Ange, fit-il de nouveau, demande à Ange ce qu'il en pense de la marine du roi.

Le vieil homme aux cheveux blancs se mit à rire, d'un rire grinçant qui découvrit ses gencives édentées. Puis il remonta ses manches et ses jambes de pantalon. Ses poignets et ses chevilles étaient marqués de cicatrices formant des bourrelets livides.

– Traces de fer, dit Berthou. Ange est resté des mois à fond de cale, fers aux mains et aux pieds, baignant dans l'eau croupie de la sentine parce qu'il avait protesté contre une punition trop dure infligée à un camarade.

– Pour un peu ils m'auraient pendu comme mutin, dit le vieux de sa voix chevrotante.

– Et il ne te fait pas voir son dos où le chat à neuf queues a creusé ses sillons...

– Crois-moi mon gars, conclut le patron, réfléchis bien avant de t'embarquer dans cette galère !

Comme s'il lui venait une idée soudaine, il me prit par le poignet :

– Pourquoi ne resterais-tu pas avec nous ?

– Avec vous ? dis-je surpris.

– Oui, dit Berthou, à trois nous sommes vraiment trop peu nombreux pour mener un bateau de cette taille. Un mousse ne serait pas de trop. Toi tu es jeune, tu es costaud, tu connais la mer et tu as l'air d'être un bon garçon ! Alors ?

Sous le coup de la surprise je ne répondis rien. Je m'étais attendu à tout, sauf à ça. Et pourtant, ne serait-ce pas une belle vie ? La nourriture assurée, un bon bateau, un bon équipage... Le cabotage au long des côtes, un jour Brest, un jour Quimper, un jour Lorient. Escale à Pont-Aven, chez le patron le reste du temps, Concarneau à une portée de main... Ça donnait à réfléchir.

Cependant, il fallait que je voie le commandant Le Bozec. Je remerciai Berthou pour sa proposition, je lui dis qu'elle me tentait, mais que j'avais à faire à Lorient et qu'il fallait absolument que je descende à terre.

Il hocha la tête sans trop avoir l'air de comprendre mes raisons, assez mécontent de ne pas m'avoir convaincu, puis il me dit :

– Nous resterons à Lorient toute la journée, amarrés au quai de Rohan. Fais tes affaires et viens nous retrouver si tu veux.

Au matin, nous mîmes à la voile après que quelques petits pêcheurs furent venus livrer leurs crustacés à bord. Ils semblaient tous bien connaître le patron qu'ils appelaient par son prénom et paraissaient lui faire entièrement confiance.

La Belle-Gabrielle était une forte barque d'une cinquantaine de pieds de long qui paraissait lourde et ventrue, plus faite pour porter des charges que pour la vitesse, mais c'était une fausse impression.

Quand les matelots que j'aidais avec enthousiasme eurent établi la voilure, elle prit le vent et tailla gaillardement son chemin, coupant la lame dans un jaillissement d'écume.

Elle portait sur son beaupré un grand foc bistre, sur son mât de misaine un taille-vent tout rapiécé qui avait connu de meilleurs jours, sur son grand mât une brigantine tannée surmontée d'une flèche, et un tape-cul bleu passé sur son artimon. Sous toute cette toile et avec un bon vent, nous fûmes en vue de Groix en fin de matinée.

De sinople et d'or, l'Orient

En ce début de XIXe siècle, Lorient portait encore la marque de l'extraordinaire destin qui avait été le sien quand la Compagnie des Indes avait décidé d'établir à l'embouchure du Scorff, face à la vieille citadelle de Port-Louis, un port où seraient débarquées les marchandises venant de l'Orient. Après un demi-siècle de fabuleuse fortune due au trafic avec nos comptoirs de l'Inde, les Anglais infligèrent à la Compagnie de nombreux revers ; les actionnaires prirent peur, coupèrent les vivres et, devant cette situation, un arrêté royal supprima ses privilèges. La dissolution complète de la Compagnie eut lieu en 1770, sa flotte forte de quarante vaisseaux et frégates ainsi que l'arsenal passaient à la marine militaire.

Les trois mille cinq cents employés qui y travaillaient, du plus humble manutentionnaire au subrécargue le mieux nourri, tous se retrouvèrent à la rue, subitement congédiés sans solde et plongés du jour au lendemain dans une misère et un dénuement total.

De ce fait, Lorient était devenue une sorte de ville fantôme, et n'avaient subsisté de ses fastes et splendeurs d'antan que les superbes magasins vides, mal entretenus, et de jolies maisons, elles aussi laissées à l'abandon, bâties dans des rues désormais trop spacieuses.

Mais en 1785, Charles Alexandre de Calonne, contrôleur général des finances de Louis XVI, décidait de faire renaître la Compagnie. Dans les trois années qui suivirent, trente gros navires appareillèrent de nouveau pour les Indes et tout de suite le chiffre d'affaires de cette nouvelle société atteignit trente millions.

Dans le même temps, l'arsenal affirmait son importance en créant de superbes unités pour la marine royale, et Lorient assurait pour la première fois en France des liaisons régulières avec les États-Unis.

J'abordais donc, à bord de la Belle-Gabrielle, dans une ville extraordinaire, dans un nouveau monde. De la mer on voyait, bien alignées, les superbes maisons construites en granit gris, les larges rues coupées à angle droit, son magnifique hôtel directorial, sa place d'armes terminée par une terrasse à balustres et plantée d'ormeaux, sa gigantesque tour de la Découverte haute de cent pieds.

J'en restais bouche bée au bord du bastingage, pour le plus grand bonheur de mes compagnons de voyage qui se gaussaient de mon ébahissement.

Mais je n'avais cure de leurs gentilles moqueries, je découvrais soudain un monde inconnu, plus beau encore que celui auquel j'avais rêvé.

Amédée Berthou accosta au quai de Rohan où déjà ses acheteurs l'attendaient. Quant à moi, je sautai à terre, avec l'impatience qu'on peut imaginer.

Sur les quais régnait une activité intense. Des charrettes d'avitailleurs amenaient sur des chaloupes des tonnes de vivres pour garnir les soutes des vaisseaux en partance pour l'Orient et qui se tenaient ancrés en rade de Penmarec. Plus loin, entre Lorient, Port-Louis et la petite île de Saint-Michel, des vaisseaux de guerre étaient mouillés sur coffre.

Dans un va-et-vient incessant, des ouvriers, des commis, des officiers, des fonctionnaires s'affairaient au long des quais, mêlés aux belles dames de ces messieurs les officiers et armateurs en promenade.

Auprès de Concarneau, ville qui ne s'éveillait qu'au retour de pêche des sardiniers, Lorient m'apparut comme une fourmilière en pleine activité, baignée dans des odeurs d'épices mêlées à celles du goudron et du chanvre.

Ces parfums teintés d'exotisme et d'aventure, la rumeur des chantiers, le roulement de marteaux des calfats, les mouvements de chaloupes en rade me firent monter à la tête une sorte d'ivresse qui m'exalta.

L'idée de fortune qu'on associe si volontiers à ce mot magique des Indes, ces noms enchantés qui fleurissaient sur toutes les lèvres : Madagascar, l'île de France, Bourbon, Pondichéry, Chandernagor, Yanaon, Surat, Mahé, Gaô, Sumatra – les belles dames ne parlaient que de soies, de mousselines, de calicots, de madapolams, de pékins, de nankins : autant de lieux dont j'ignorais tout, autant de noms de marchandises, d'étoffes qui me révélaient subitement leur existence...

En errant ainsi au long des quais, je me heurtai à un groupe d'officiers en habits bleus et j'eus le bonheur de reconnaître parmi eux le commandant Le Bozec. Ils attendaient un canot qui devait les conduire à bord de la frégate la Furieuse, vaisseau amiral de l'expédition de Martinique, pour une inspection. C'était un coup de chance inespéré. Comment aurais-je pu autrement, moi le mousse aux pieds nus, rencontrer un homme aussi éminent que Le Bozec ?

– Mon Commandant ! m'exclamai-je. Commandant Le Bozec !

Il m'entendit et se retourna, me fixa visiblement sans me reconnaître, d'un air sévère, se demandant qui était ce mousse qui osait le héler si cavalièrement.

– Josic, lui dis-je, Josic Tellec, de Concarneau ! Ah mon Capitaine, vous ne vous souvenez donc pas ? Zaccharie, le vieil homme à la jambe de bois... Le capitaine Le Rumeur... Le Vétéran !

J'en bafouillais d'émotion, ne sachant plus s'il fallait lui donner du « Capitaine » ou du « Commandant ». Finalement, j'optai pour le grade le plus élevé.

– Josic, dit-il en s'approchant. Si je m'attendais !

Toute mine sévère l'avait quitté. Il me considéra avec curiosité et bonhomie :

– Ça, mais tu as joliment grandi mon garçon ! Quel âge as-tu donc maintenant ?

– Quinze ans mon Commandant, pour vous servir.

– Mais, que fais-tu là ?

– Je suis venu pour vous voir, mon Commandant. Il y a du nouveau !

Le commandant fronça les sourcils :

– Où ça ? à Concarneau ?

– Oui mon Commandant.

– Mais, mon garçon, soupira-t-il, c'est que je n'y suis plus, moi, à Concarneau !

– Ah, c'est bien dommage, mon Commandant ! dis-je naïvement, d'un air dépité.

Il se mit à rire :

– Voyez-vous ça ! Et pourquoi est-ce dommage ?

– Parce que si vous y étiez, vous sortiriez le Vétéran dès que l'envie vous en prendrait.

– Tiens donc ! Voilà trois ans qu'il est à Concarneau, le Vétéran. Par quelle magie pourrais-je faire maintenant ce que je n'ai pas pu faire pendant tout ce temps ?

– Parce que je sais qui renseignait les Sauzons, mon commandant !

Il se rembrunit :

– Es-tu sûr de ce que tu avances ?

– Oui mon Commandant, dis-je avec assurance.

Il me prit par le coude :

– Viens par là, mon garçon. (Et s'adressant aux autres officiers :) J'ai à faire avec ce garçon, dit-il. Saint-Preux, vous savez de quoi il retourne, remplacez-moi pour cette inspection et, dès votre retour, rendez-moi compte.

– Bien mon Commandant, dit l'officier interpellé.

– Suis-moi, ordonna Le Bozec.

Il m'entraîna vers une taverne qui était déserte à cette heure et commanda du café.

– Peut-être voudrais-tu manger quelque chose avec ça ? me demanda-t-il.

– S'il vous plaît, mon Commandant, dis-je en rougissant, car le ragoût de congre d'Ange Derrien était déjà loin, et aussi la tartine de pain et le morceau de lard du petit déjeuner.

La servante nous apporta le café, du pain et du beurre. Alors, tout en mangeant, je fis au commandant le récit de mes aventures : depuis l'arrivée de Jambe de Chien, qui coïncidait trop étrangement pour être fortuite avec celle du prétendu marquis du Cousquer, jusqu'à mon

enlèvement par ce même Jambe de Chien avec la complicité de la veuve et Valentin Lamour.
– Je savais bien, dit Le Bozec en tapant sur la table, que ce maquereau avait partie liée avec l'ennemi !

Je lui racontai ensuite comment j'avais été le témoin privilégié de la mort du capitaine Le Rumeur assassiné par Per Yann, comment le chouan m'avait reconnu et la poursuite qu'il avait menée contre moi à travers la palue de Trévignon, après que j'eus échappé de justesse aux griffes de Jambe de Chien.
– Eh bien mon gaillard, fit Le Bozec en me tapant sur l'épaule, on dirait que tu as eu une existence mouvementée ces temps-ci. Dis-moi, tu veux toujours t'embarquer ?
– Oh oui, mon Commandant !

La réponse avait jailli du fond de mon cœur sans que j'eusse songé un instant aux recommandations et aux propositions de cet excellent Amédée Berthou.
– Mais auparavant, dis-je, je voudrais rassurer ma famille. Je suis parti sans les avertir, et pour cause... Ils doivent être très inquiets.
– Bien, voici ce que je te propose : un convoi part cet après-midi pour Concarneau. Il transporte divers fourniments pour la troupe et la garnison du Vétéran. Tu vas te joindre à eux et je vais adresser immédiatement une lettre au capitaine Le Forestier pour l'avertir de ce qui se trame. J'y joindrai une recommandation pour toi, et si tu veux, il te prendra à bord du Vétéran.

Je me sentis transporté de joie :

– Oh, mon Commandant, comment vous remercier...

Il sourit :

– N'inverse pas les rôles mon garçon, c'est moi qui devrais te remercier. Maintenant, je vais aller rédiger ces lettres, nous nous retrouvons sur la place d'armes à midi. Ah, tu n'as bien entendu pas de quoi manger ?

– Non, mon Commandant, dis-je en rougissant de nouveau.

Il sortit quelques pièces de son gousset :

– Tiens, voilà de quoi t'acheter du pain. N'oublie pas, à midi...

Je me retrouvai sur le port ivre de bonheur et, avec en poche les quatre sous du capitaine, plus riche que je ne l'avais jamais été.

Pendant tout le voyage du retour, de Lorient à Concarneau, j'eus encore très faim car, avec l'argent du commandant, je n'avais pas acheté de pain, mais un foulard de madras pour ma mère, et pour Lucie un mouchoir de Cholet à carreaux rouges et blancs qui m'avait paru du plus bel effet.

Heureusement un des soldats du convoi me donna un biscuit de munition que j'eus mille peines à casser tant il était dur. Je le fis passer avec des pommes ramassées au long du chemin et l'eau des sources qui en notre pays sont pures et abondantes.

L'ombre du Vétéran

Le retour vers Concarneau se fit sans encombre. Les trois charrettes de munitions étaient escortées d'une cinquantaine de soldats en armes, ce qui nous mettait à l'abri de toute agression. Nous atteignîmes Concarneau le 15 août 1809 au matin. Je ne saurais dire l'émotion qui fut mienne en entendant les roues ferrées des lourds chariots ébranler les ais de chêne du pont-levis, puis faire résonner les voûtes de granit séculaire de cette ville close que j'avais bien pensé ne jamais revoir.

Il n'y avait que trois jours que je l'avais quittée, mais ces trois jours me paraissaient maintenant une éternité. S'en était-il passé des choses pendant ce court laps de temps ! Sans que je le sache encore, ces trois jours avaient décidé de ce que serait ma vie.

Bien qu'aujourd'hui elle touche à son terme, il m'arrive parfois de m'interroger sur ces incidents, dérisoires en apparence et qui ont pourtant de si grandes conséquences sur toute notre existence.

Si Berthou n'avait pas pris dans le mur de la ville close une pierre pour la jeter à un rat, jamais le message à l'intention de La Garcette n'aurait été découvert et peut-être le Vétéran aurait-il sauté avec son équipage et la moitié de la ville close...

Si je n'avais pas été aussi curieux, si je n'avais pas bu ce verre de rhum à la taverne de la Croix du Sud, peut-être aurais-je été un aubergiste prospère et abondamment pourvu de marmaille.

Si je n'avais pas rencontré le commandant Le Bozec sur les quais de Rohan à Lorient, peut-être serais-je revenu comme matelot sur la Belle-Gabrielle et aurais-je été maître de barque au cabotage...

Que de si, mais à quoi bon ? Il était écrit quelque part, dans un endroit qui ne nous est pas accessible, que je ferais carrière sur les vaisseaux de l'empereur...

Je poussai la porte, mais notre maison était vide car c'était l'heure de la messe que ma pieuse mère n'a jamais manquée de sa vie, surtout à l'Assomption qui est la fête de la sainte mère de Jésus-Christ, sa patronne.

Sur le feu la grosse marmite noire pendue à sa crémaillère fumait doucement, exhalant une bonne odeur de pot-au-feu.

En attendant qu'ils reviennent de la messe, je me rendis à la place d'armes. À la batterie, Zaccharie était impassible sur son banc. Je courus jusqu'à lui :

– Zaccharie !

– Ah, c'est toi Josic ! dit-il en tressautant. Il me regardait effaré comme si j'eusse été un revenant. Mais d'où viens-tu donc ? Il y a trois jours que tout le monde te cherche. On te croit mort...

– Ah Zaccharie, m'exclamai-je, si je ne suis pas mort, ce n'est pas faute qu'on ait essayé de me tuer, j'ai la vie dure, faut croire !

– Viens t'en par là t'asseoir mon gars, et raconte-moi, dit le vieux.

Les rôles étaient inversés. Je m'assis à ses pieds sur l'herbe et j'entrepris de lui raconter mes dernières aventures, comme la veille je les avais narrées au commandant Le Bozec à Lorient.

Haut dans le ciel bleu les goélands criaient, le vent faisait claquer les drapeaux en haut du mât de la batterie et les sentinelles se croisaient toujours sur le chemin de ronde, échangeant leurs cris rauques.

Quand j'arrivai au chapitre de la taverne de la Croix du Sud, le vieux m'apprit l'affreux drame qui s'y était déroulé. Au retour de la messe, Lucie y avait retrouvé la veuve égorgée derrière son comptoir. Affolée, elle avait crié au secours, mais la maison était vide. Valentin Lamour et Margot la Brême avaient pris le large. On devait, quelques semaines après, retrouver Valentin mourant de phtisie dans un fossé, près de Brest.

Et on sut plus tard, oh, bien plus tard, que la trace de Margot la Brême s'était perdue à Calais d'où elle avait pu gagner l'Angleterre sur un bateau de contrebandiers, échappant ainsi aux poursuites lancées contre elle. Elle vécut un temps sa triste existence dans les bouges des docks de Londres avant d'être expédiée avec tout un contingent de filles perdues à Port Jackson en Australie, pour servir d'épouses aux convicts de Botany Bay.

Ainsi, avant de s'enfuir, le chouan avait fait le vide dans les rangs des espions de l'Angleterre.

Le vieux, captivé, écoutait mon récit en hochant la tête avec des mimiques tantôt stupéfaites, tantôt scandalisées.

Quand j'eus fini, il me demanda :

– Et maintenant Josic, que vas-tu faire ?

– M'embarquer sur les vaisseaux de l'empereur, dis-je sans l'ombre d'une hésitation.

Le vieux sourit tristement.

– J'en étais sûr, dit-il. Ah jeunesse !

– Pourquoi dis-tu ça, Zaccharie ? Tu n'en aurais pas fait autant toi ?

– Si mon fieu...

– J'ai vu Lorient, poursuivis-je avec feu, les bateaux de la Compagnie des Indes, les vaisseaux de guerre, les uniformes, le son des fifres, l'odeur des épices...

– Ceylan, Pondichéry, Chandernagor, Yanaon, Sumatra..., poursuivit le vieux les yeux perdus dans un rêve. Quelle musique ! Comme ils fleurent bon l'aventure, l'impétuosité, la jeunesse ! Comment y résister mon Josic. Ainsi chantaient les trois sirènes sur les rochers escarpés de l'île de Caprée...

– Que dis-tu Zaccharie ? De quoi parles-tu ?

– Bah, fit-il en expédiant un jus de chique à trois pas devant lui, rien de bien intéressant. Ce ne sont que des racontars de vieil homme. Rien vraiment qui puisse captiver un garçon comme toi. Suis ton destin mon garçon, et s'il est sur les vaisseaux de l'empereur, fais ta vie en honnête homme, dans l'honneur, car au soir de la vie l'honneur est tout ce qui reste à ceux qui n'ont pas fait fortune. Sache seulement que tu n'as pas choisi la voie la plus facile. Cependant, si tu ne t'embarquais pas, toute ta vie tu le regretterais et rien n'est plus terrible, mon fieu, que de vivre avec une vocation rentrée en travers du gosier.

La cloche grêle de l'église Saint-Gwenolé annonça la fin de l'office. Je descendis la butte pensivement et rejoignis la maison.

Cette fois je fus accueilli avec stupéfaction et enthousiasme. Il n'était plus question de coups de torchon, plus question de gifles, mais d'embrassades sans fin. Les trois petits se pressaient dans mes jambes et mon père, que je dominais maintenant d'une demi-tête, répétait sans cesse :

– Ça alors ! Ça alors !

Ma mère me serrait contre elle en tremblant et mon frère Jean, à son habitude, pleurait comme un veau. Je dus une nouvelle fois raconter mes aventures qu'ils écoutèrent bouche ouverte, en oubliant même de manger. Quand je sortis de ma ceinture le couteau de Jambe de Chien, cette lame qui avait failli m'ôter la vie, ce fut un moment d'émotion sans nom. L'arme était sur la table, personne n'osait y toucher.

Puis j'offris à ma mère son foulard de Madras. Elle en fut si émue qu'elle se mit à trembler de nouveau...

– C'est pour moi ça Josic ?

– Oui m'man. Bonne fête.

Elle le tenait du bout des doigts, comme si elle avait peur d'y toucher :

– Que c'est beau, dit-elle dans un souffle. (Puis son souci d'honnête femme reprenant le dessus :) Tu ne l'as pas volé au moins ?

– Mais non m'man, c'est le commandant Le Bozec qui m'a donné des sous pour mes services.

– Ça alors, disait mon père inlassablement, ça alors !

– Et maintenant, demanda enfin ma mère en femme pratique, que vas-tu faire ? (Et sans attendre ma réponse :) Je serais d'avis que tu continues ton apprentissage de cuisinier chez M. Lorentz.

Elle disait ça sans conviction, sachant bien combien il était peu probable que je retienne sa proposition.

– Et moi, dit mon père, je trouve que tu devrais accepter l'offre que t'a faite Berthou. C'est un honnête homme et sa Belle-Gabrielle est un bien joli bateau. Le cabotage est un bon métier...

– Non, dis-je, je vais embarquer sur les vaisseaux de l'empereur. J'ai une recommandation du commandant Le Bozec et...

– Mon Dieu, gémit ma mère, j'en étais sûre ! Il est fou ! Aller risquer sa vie quand on peut avoir un métier bien tranquille... Il est fou !

Je la pris par les épaules :

– Mais non m'man, rassure-toi, je saurai me défendre.

Elle se mit à pleurer. Elle ne pouvait pas comprendre, elle n'avait pas senti le parfum des épices sur le quai de Rohan. Elle ne connaissait pas cette douce musique, Ceylan, Pondichéry, Chandernagor, Yanaon, Sumatra, les îles Sous-le-Vent... Elle n'avait pas quinze ans.

De nouveau en la voyant pleurer, Jean sanglotait dans son assiette.

Mon père se leva, refermant son couteau avec un bruit sec, et dit pour cacher son embarras :

– Je vais voir si le canot est bien amarré...

– Je vais avec toi, p'pa !

Nous rattrapâmes le quai Pénéroff où le Sainte-Anne était amarré parmi les autres bateaux. C'était un chaud dimanche d'août. Une brume de beau temps flottait sur la baie, cachant les Glénan. Il me dit que depuis quelque temps la sardine donnait de nouveau et que, si ces maudits Anglais ne les avaient pas empêchés d'aller où ils voulaient, l'année aurait été bonne.

Hissés aux mâts, les filets brillants d'écailles séchaient, parfois gonflés par une brise tiède. Dans l'eau verte du bassin un banc de gros mulets jouait à fleur d'eau et on voyait leur nageoire dorsale tracer des arabesques dans l'eau calme.

Je contemplai ces canots si petits... Décidément, je n'étais pas prêt à passer ma vie là-dessus.

Puis mon père rencontra d'autres marins et ils se mirent à parler de leurs affaires.

– Je vais faire un tour par là p'pa, dis-je.

Et je me dirigeai vers la taverne de la Croix du Sud. Elle devait me guetter car un rideau bougea derrière la fenêtre du premier étage. Je levais les yeux et souris. Puis je partis vers la chapelle de la Croix. La dune était déserte, la plage de sable blanc était occupée par une immense colonie de goélands endormis au soleil. Je m'assis entre deux touffes d'ajoncs en fleur, là où j'avais l'habitude de la retrouver. Que j'étais bien !

Je n'eus pas longtemps à attendre, je sentis une main se poser sur mon épaule :

– Josic ! (Elle fondit en sanglots :) J'ai eu si peur...

Je l'embrassai maladroitement, goûtant sur ses joues, sur ses lèvres, la saveur salée de ses larmes.

– Ce n'est rien, Lucie, ce n'est rien. Je suis là ! Je la consolais, fier de mon rôle protecteur. Et quand elle eut séché ses larmes, je lui dis : Tiens, je t'ai apporté un cadeau.

Je sortis de ma poche mon mouchoir de Cholet, à petits carreaux rouges et blancs.

– Oh, dit-elle rose de plaisir, c'est pour moi ? Qu'il est beau ! Oh Josic, merci, merci ! (Elle me serrait, m'embrassait, passant du rire aux larmes, ivre de bonheur.) Tu as su que la veuve est morte ? dit-elle enfin.

– Oui. Zaccharie me l'a dit. Triste fin.

– Je ne devrais pas le dire, mais c'était une méchante femme, Josic. (Elle se signa.) Ce n'est pas bien de dire du mal des morts. Quand je l'ai vue étendue de tout son long, baignant dans son sang, j'ai eu peur ! J'ai crié, si tu savais comme j'ai crié ! Maintenant, dit-elle soudain joyeuse, je suis toute seule. La maison est à moi, le notaire me l'a dit.

– Tu vas continuer de tenir la taverne ? demandais-je stupéfait.

– Bien sûr ! Le notaire va me servir de tuteur jusqu'à ma majorité. Et quand tu seras cuisinier, nous nous marierons Josic. Ah, ça va être bien ! Nous aurons un restaurant, et des chambres... On pourra agrandir. Sur l'arrière il y a de la place... (Elle bégayait de bonheur, tout lui paraissait tellement simple désormais.) Ça te plaira hein Josic, ça te plaira ?

Elle me fixait, bien en face dans les yeux comme si elle avait voulu m'insuffler sa conviction, forcer ma décision qui devait nécessairement être la même que la sienne.

– Lucie, dis-je le plus doucement que je pus.

La seule manière dont j'avais prononcé son nom fit passer un voile de tristesse sur son enthousiasme.

– Tu ne veux pas, dit-elle ! Tu ne veux pas ! Ah, je ne suis pas assez bien pour toi ! Tu ne m'aimes pas.

À nouveau de grosses larmes coulaient sur ses joues roses.

– Mais si, dis-je en lui prenant les mains. Es-tu sotte ! Nous n'avons que quinze ans Lucie. Je vais partir sur les vaisseaux de l'empereur et à mon retour...

Elle fondit en sanglots effrayants. Telle était sa douleur qu'elle paraissait par moments secouée de spasmes douloureux. Navré de cette réaction, je tentais de la consoler de nouveau. Ayant enfin retrouvé son souffle, elle me repoussa presque brutalement et me dit avec une véhémence incroyable :

– À ton retour, pauvre fou ! Reviendras-tu seulement ? Sais-tu à quoi tu t'exposes en partant sur ces maudits vaisseaux ? Tu peux être noyé dans un naufrage, tu peux être tué dans un combat contre l'Anglais, te faire estropier comme Zaccharie ou encore être fait prisonnier ! Tu vas être avec de méchants officiers qui te maltraiteront, tu seras mal nourri, battu, emprisonné peut-être...

– Arrête Lucie, arrête, lui dis-je doucement. Et en restant sur un sardinier, est-ce que je ne risque pas d'être tout aussi bien noyé que sur une frégate ? Et ici, à Concarneau, crois-tu que nous soyons si bien nourris que ça ?

– Ah, il s'agit bien, dit-elle avec colère en me retirant sa main, il s'agit bien d'aller sur un sardinier ! Reste donc apprendre la cuisine chez M. Lorentz ! Dis-moi que tu vas mourir de faim dans une cuisine d'auberge ! Le cuisinier n'est-il pas toujours le premier servi ?

– Tu parles comme ma mère, dis-je.

– Eh bien, elle a joliment raison ta mère si elle te parle comme ça ! Faut-il être fou pour aller risquer sa vie sur la mer quand un bon métier vous attend, une bonne auberge vous attend et une femme qui vous aime vous ouvre ses bras et son cœur !

Je baissai la tête. Bien sûr, elle avait raison, c'était la voie de la sagesse... Mais moi je sentais les épices mêlées au goudron, cette odeur de poudre que j'avais pour la première fois respirée à la batterie du Fer à Cheval ; j'entendais le chant des marteaux de calfats sur les coques sonores, le grincement des poulies, le souffle du vent dans les hunes...

Lucie, la tête dans les mains, sanglotait à tous petits coups, frémissant comme un oiseau blessé. De petites vagues se brisaient sur le sable blanc. Haut dans le ciel, quelques goélands planaient immobiles, une brise parfumée courbait les genêts sur nos têtes et en fermant les yeux, je l'entendais murmurer : Ceylan, Pondichéry, Chandernagor, Yanaon, Sumatra, les îles Sous-le-Vent...

Quand je rouvris les yeux, elle était toujours là cette petite baie qui me paraissait si étriquée, maintenant qu'à Lorient j'avais entrevu le monde entier. Elle était toujours là la chapelle, la ville close, mais Lucie était partie.

Je me levai d'un bond. À cent pieds de moi sa silhouette gracile dévalait le sentier. Je l'appelais :

– Lucie...

Elle s'arrêta net et se retourna, me contemplant, muette, avec mépris et colère.

– Lucie, dis-je encore.

Alors elle explosa :

– Laisse-moi ! Laisse-moi Joseph Tellec ! Tu es trop méchant ! Tu es trop méchant et trop bête !

Un gros sanglot la secoua de nouveau, elle haussa les épaules et repartit à toute allure.

Désolé, je fis quelques pas sur la grève, chassant les goélands devant moi. Avec des cailloux plats je m'efforçai de faire des ricochets sur l'eau, exercice auquel j'étais de toute première force, mais le jeu ne m'amusait plus. Probablement, je n'avais plus l'âge...

Je revins à pas lents vers le bassin Pénéroff. En passant devant la Croix du Sud, je vis une silhouette immobile derrière la petite fenêtre. Pas très fier de moi, je poursuivis mon chemin la tête basse. Mon père m'attendait assis sur un casier à crabes. Quand il me vit il se leva et, silencieux, nous revînmes à la maison.

À bord du Vétéran

Le 16 août 1809, le capitaine Le Forestier me faisait signer un engagement de cinq ans dans la marine de l'Empereur. La recommandation du commandant Le Bozec m'avait permis de choisir ma spécialité : je serai timonier car rien au monde ne me paraissait plus exaltant que de barrer ces immenses vaisseaux. Avec une belle plume d'oie, je fis donc d'une main ferme et résolue une croix au bas du grand livre.

Depuis le 8 août, c'est-à-dire depuis que la veuve était morte et le chouan en fuite, les Anglais avaient disparu, comme si le fait de n'avoir plus de renseignements venant de terre avait troublé leur jeu.

Le 20 août les chaloupes sardinières furent de nouveau mises à contribution pour tirer le géant dans l'avant-port et, vers sept heures du soir, en louvoyant vent debout, nous mîmes cap au sud.

Je ne saurais vous dire ma fierté en doublant le môle où s'amassait toute la population de Concarneau, venue dire adieu à ce Vétéran qui avait trois ans durant bousculé son destin. Des femmes agitaient leurs mouchoirs, certaines pleuraient le départ d'un amant.

Quand nous sortîmes du port, je vis dans les genêts, près de la chapelle de la Croix, une fine silhouette noire qui agitait un petit mouchoir rouge et blanc. Une grosse boule dans la gorge, je restai longtemps la fixer, puis je la vis se prendre la tête dans les mains dans un geste familier. Comme je n'étais pas encore de service, je restai là jusqu'à ce que l'obscurité m'eût tout caché.

À la minuit nous mouillâmes à l'embouchure de la rivière Ellé, devant le port de goémoniers du Pouldu, pour éviter la renverse de marée. À deux heures du matin nous fûmes pris en charge par deux canonnières dépêchées depuis Lorient. Elles remorquèrent le navire amiral dans les dangereux coureaux * de Groix et à midi, le 21 août, le Vétéran fit son entrée en rade de Lorient sans avoir été autrement inquiété par les Anglais.

* Coureaux : ainsi appelle-t-on le passage étroit entre l'île de Groix et le continent.

Ce fut mon seul et unique voyage à bord du Vétéran car il devait rester désarmé jusqu'en 1811.

Le commandant Le Bozec me prit avec lui à bord de la Furieuse et nous partîmes presque aussitôt pour les îles Martinique avec la Sylphe, la Félicité et l'Espiègle. Ce fut une belle croisière et mon plus beau souvenir de marine.

Par la suite, de retour à Brest, je devais être versé sur le Vaillant, un brick qui connut un sort fâcheux puisque, au cours d'un convoyage en Manche, nous fûmes coulés par la frégate anglaise Saint George au cours d'un combat qui coûta la vie à nombre de courageux marins. Pour ma part, blessé par un éclat de bois, je m'accrochai à demi inconscient à un tonneau et je fus repêché par le navire anglais.

J'aurais mieux fait de mourir car les cinq années que je passais prisonnier sur un ponton à Portsmouth furent un enfer permanent. Je ne devais revoir Concarneau que bien plus tard, quand au bout du désespoir je m'évadai à la nage de ma prison flottante au péril de ma vie, dans une de ces tentatives insensées qui ne réussissent pas une fois sur mille. J'avais vingt-trois ans.

Je trouvai ma mère bien vieillie, les petits frères et sœurs devenus des hommes et des femmes que je ne reconnaissais plus. Deux ans plus tôt le père avait fait son trou dans l'eau avec le Sainte-Anne, et Lucie tenait auberge à l'enseigne de la Croix du Sud. Son mari, Louis

Labarre, était aux fourneaux et quatre enfants couraient dans ses jupes.

Mon frère Jean, après avoir fait ses études au petit séminaire de Pont-Croix, était prêtre à Pleuven, près de Quimper. Mes anciens camarades, les Sauban, Picollec et compagnie étaient pêcheurs de sardines, mariés et bien pourvus d'enfants.

Je n'avais plus rien à faire en la ville de Concarneau, alors je pris mon sac et fis route sur Lorient où je repris un autre engagement.

Je naviguai encore longtemps au service de l'empereur, jusqu'à mes invalides que je revins prendre dans ma maison natale, ainsi que je vous l'ai dit.

Je n'ai jamais pris le temps de me marier. Je vis seul comme un vieux loup et mon cœur se serre quand je pense à tout ce bonheur que je tenais en main, et que pour d'illusoires aventures j'ai laissé s'enfuir.

Certes, j'ai vu les îles Sous-le-Vent, j'ai vu Pondichéry et Sumatra, j'ai accosté deux fois au port de Boston en Amérique, j'ai navigué dans les glaces de Norvège et parmi les requins sur les côtes d'Afrique.

Tout ce que, jeune marmouset, je comptais voir je l'ai vu et même bien au-delà. J'ai aussi souffert au-delà de ce que je pouvais imaginer. Mais que me reste-t-il de ces années trop vite passées ? Le souvenir de bons camarades trop tôt disparus, le chant du vent dans les hunes, le parfum de la brise aux îles Marquises. J'ai barré les plus grands vaisseaux de notre marine, avec compétence et honneur, sans jamais faillir à la tâche, mais désormais je suis le seul à le savoir.

Il reste, pendu au manteau de la cheminée dans ma maison de la ville close, un superbe coutelas à manche de rohart sculpté, sur la lame duquel est gravé en fines lettres enlacées : « *Steel of Sheffield, England* ».

Quelquefois, quand je regarde mon visage se réfléchissant dans sa large lame brillante, il me semble y voir le rictus de Jambe de Chien, sa cicatrice livide, le nez busqué de Per Yann et ses profonds yeux noirs aux reflets d'autre monde.

Et la luisance de cette lame maléfique reste une fenêtre ouverte sur mon enfance, sur ce printemps à la fois si proche et si lointain, au soleil duquel, au crépuscule de la vie, il est si doux de se chauffer le cœur.

Fiche signalétique du Vétéran

Le Vétéran était un vaisseau de 74 canons. Le terme de vaisseau s'appliquait à des navires de guerre portant de 80 à 120 bouches à feu réparties sur deux ou trois ponts (ou batteries), et divisés en quatre classes ou rangs. La 4ᵉ classe, à deux ponts, a été ultérieurement armée de 80 canons et les « vaisseaux de 74 » existants ont été rattachés à cette classe, mais leur armement a été fréquemment renforcé, soit par l'adjonction de canons supplémentaires, généralement installés sur les gaillards (jusqu'à 12, comme ce fut le cas du Vétéran qui portait 86 canons), soit par substitution de pièces de plus gros calibre à l'armement prévu par les constructeurs (de 36 au lieu de 24 pour la batterie basse ; de 24 au lieu de 16 pour la batterie haute, ce qui était aussi le cas du Vétéran). Mais cette pratique alourdissait et diminuait leur maniabilité, tout en provoquant leur usure précoce.

Caractéristiques du vaisseau :
Longueur hors tout : 75,40 m
Longueur étrave étambot : 55,80 m
Largeur au maître couple : 14,30 m
Déplacement : 3 000 tx
Tirant d'eau moyen : 6,80 m à 7 m

Artillerie :
1ʳᵉ batterie (la plus basse) : 28 canons de 36
2ᵉ batterie : 30 canons de 24

Gaillards : 16 canons de 8

Il s'agissait de l'armement initial, complété par 12 pièces de petit calibre.

Personnel :

État-major : 17

Équipage (maistrance et matelots) : 585

Garnison (Infanterie de Marine embarquée) : 118

Surnuméraires, volontaires, gardes marines ou de pavillons, valets : 55

Effectif total : 775 hommes

Le Vétéran avait été mis en chantier à Brest en 1794, sous le nom le Magnanime.

Sur cale, il prend le nom le 14-Juillet.

En 1802, toujours sur cale, il est rebaptisé et devient le Vétéran. Il participe à la campagne du contre-amiral Vuillaumez de 1805 à 1806. Désarmé à Concarneau, puis réarmé partiellement et conduit à Lorient en août 1809, il subit une révision complète avant d'être réarmé et de rejoindre Brest en 1811.

Ne figure plus sur les registres matricules à partir de cette date. Aurait été radié en 1833.

Table des matières

Zaccharie 7
Josic Tellec 25
L'arrivée du Vétéran 29
Le commandant Le Bozec 43
Dans une maison de matelot 57
La batterie du Fer à Cheval 65
La lettre dans le mur 77
Les ruses de La Garcette 115
La mort de La Garcette 131
La Croix du Sud 141
L'auberge de l'Aigle impérial 161
Jambe de Chien 179
Le marquis du Cousquer 201
Le baptême du rhum 209
La dune de Kerouini 227
La Belle-Gabrielle 237
De sinople et d'or, l'Orient 255
L'ombre du Vétéran 263
À bord du Vétéran 277

l'Atelier du Père Castor présente

la collection Castor Poche

La collection Castor Poche vous propose :

- des textes écrits avec passion par des auteurs du monde entier,
  par des écrivains qui aiment la vie,
  qui défendent et respectent les différences ;
- des textes où la complicité et la connivence entre l'auteur et vous se nouent et se développent au fil des pages ;
- des récits qui vous concernent parce qu'ils mettent en scène des enfants et des adultes dans leurs rapports avec le monde qui les entoure ;
- des histoires sincères où, comme dans la réalité, les moments dramatiques côtoient les moments de joie ;
- une variété de ton et de style où l'humour, la gravité, la fantaisie, l'émotion, la poésie se passent le relais ;
- des illustrations soignées, dessinées par des artistes d'aujourd'hui ;
- des livres qui touchent les lecteurs à différents âges et aussi les adultes.